Tredition GmbH, Hamburg
© 2017 Rolf Dieter Kaufmann

ISBN 978-3-7439-2731-5 (Paperback)
ISBN 978-3-7439-2732-2 (Hardcover)
ISBN 978-3-7439-2733-9 (E-Book)

Suchen Sie die Wahrheit, die den Menschen Sinn und Nahrung für die >**Kunst zu Leben**< gibt?

In Erinnerung an meinen Freund Yo-Yo Ma Ma (+), aus dem Wunsch heraus, dass etwas besser sein möge, als es wirklich ist.

Kann ein Buch, das verwirrt, sinnvoll sein?

Die Herrschaft über Finanz- und Kapitalmärkte und die Kontrolle über Warengeschäfte liegen 2044 weltweit in den Händen der Chinesen. China bestimmt die Richtwerte der Waren- und Finanzwirtschaft. Die USA liegen politisch, wirtschaftlich und sozial danieder. Ihre über ein Jahrhundert die Welt dominierende Gesinnungshoheit und ihr Überzeugungswissen zu Seelenheil und Wohlergehen, einst das beste Geschäft und der stabilste Markt überhaupt, sind Vergangenheit.

Sind Teile des Volkes der USA einem christlich-religiösen Fundamentalismus erlegen? Sind ihre Führungseliten hinderlich für neue Erkenntnisse und die Aufarbeitung der Vergangenheit?

Europa ist ein Armenhaus mit wenigen, streng bewachten Ghettos für Reiche.

Politische und wirtschaftliche Führungseliten entwickelten sich nach und nach zu Verhinderungseliten, die Fantasie und Vielfalt konspirativ einer überlebten Traumwelt anheimstellten. Persönliche Egoismen, Lügenverflechtungen in allen Lebensvollzügen und Sicherheitsneurosen als vermeintliche Lösungswege für gesellschaftliche Problemstellungen bereiteten dem Kontinent den Garaus.

Das chinesische Volk hat still und leise die Herrschaft über etwa 9 Milliarden Menschen - folglich die Weltherrschaft - übernommen, mit der Vorgabe, eine humane Gesellschaft aus der Taufe zu holen und zu verwirklichen.

Rolf Dieter Kaufmann

Schriften des Yo-Yo Ma Ma
oder
Verborgene Seele der Menschlichkeit

Satire

2017

Jahr des Feuerhahns

Schriften
Des Yo-Yo Ma Ma

I. Elend der Mittelmäßigkeit

1. *Großes entsteht aus Freundschaft und innerem Reichtum*

In Ermangelung schmeichlerischer Redekunst erzähle ich, Yo-Yo Ma Ma, von der heilen Welt, *>von der westlichen Welt, der Welt Gottloser und anderer Gläubiger<*. Ich berichte von deren Menschen und deren Wunderwerken, deren Wunder wirkenden Handlungen und vorsätzlich gottgefälligen Eigenschaften und Taten.

Ich berichte in pflichtgemäß einleitenden Worten vom Tun der Menschen, was nicht verwundern soll, wenn man bedenkt, dass ohne Tun, das allem Erkennen Bestand gibt, wir keine Erkenntnis finden können.

Schwestern und Brüder der Einfalt und der Bescheidenheit: Großes entsteht aus Freundschaft und innerem Reichtum.

Maßstäbe des inneren Reichtums sind:
- Freunde
- Wissen
- Können
- Vertrauen
- Natur erfahren

Aber was ist Großes? Was in der Welt, in der wir leben, ist Großes? Der Mensch fällt nur auf, wenn er etwas tut oder sagt, was andere nicht tun oder sagen. Er lenkt die Aufmerksamkeit auf sich, bringt andere in Zugzwang oder weckt deren Neid.

Entstehen aus diesem Verständnis von Großem nicht Skrupellosigkeit, Heuchelei, Arroganz und Willkür? Wer bestimmt, was Sache ist? Ich kann nichts verbergen und will nicht viel sagen.

- Großes entsteht im Kopf, zwischen zwei Orten, dem der Eingebung und dem des freien Willens.

Brüder und Schwestern, ich will nicht gehört werden. Ich erhebe auf gar nichts Anspruch. Doch will ich unter anderem den unrühmlichen Niedergang des ökonomischen, politischen und religiösen Kapitalismus der westlichen Welt beklagen.

2. Handeln, dass ich nicht mehr muss

Einfalt hinter Masken?
Niemandem zu gefallen ist beste Lebensart.

Hokus, pokus, fidibus!
Nur weil ich geliebt sein muss?
Gefällig sein ein Leben lang?
Verdienste durch Versorgungsrang?
Leidlich ist des Daseins Lauf

Wenn ich Ehrbarkeit erkauf.
Rechtes Handeln? Rechte Tat?
Rechte Absicht? Rechter Rat?
Gesinnung reift und der Entschluss,
Handeln, dass ich nicht mehr muss.

3. Wörter wie Brei

Das vorherige Leben ist abgebrannt!
Das neue schütze Gottes Hand?

Es tut gut, Wörter wie Brei an die Wand zu klatschen, um
zuzusehen, wie sie im Trocknungsprozess nach und nach
herunterfallen.

4. Liebe ist nicht messbar

Menschen meinen, Liebe sei Besitz, sei jemanden zu besitzen. Liebe sei Inanspruchnahme, Eigentumsvorbehalt. Als hätten die Menschen ein Pferd im Gatter oder eine Kuh im Stall. Ist das Liebe? Liebe schafft ein Höchstmaß an Freiheit - wenn es Liebe ist. Sie ist kein Tatbestand des Eigentumsrechts, kein Ding. Sie ist ein nicht enden wollender Prozess, ein Weg in die Freiheit. Liebe ist nicht messbar. Liebe lässt sich nicht >wissenschaftlich< beweisen, höchstens künstlerisch beschreiben. Liebe trägt man nicht mit sich.

Liebe sei Unterwerfung? Diese Art Liebe ist eine gefügig machende Verordnung von Machtbeflissenen in Kirchen und religiösen Gesellschaften. Sie ist keine Liebe. Sie ist Tat, die häufig in Hass und Verachtung umschlägt.

5. Jede neue Zeit bringt neue Grausamkeiten

Zu den Zeitrechnungen der Menschen:

Christlich geprägte Menschen rechnen die Zeit vor und nach der Geburt des Jesus Christus >Anno Domini Nostri Jesu Christi<.

Im chinesischen Horoskop sind Jahre nach Tierkreiszeichen benannt: Affe, Büffel, Drache, Hahn, Hase, Hund, Pferd, Ratte, Schaf, Schlange, Schwein, Tiger. Wir Chinesen haben keine Person >Jesus<, auf die wir uns als

Anfang der Zeitrechnung beziehen können; niemanden >Göttlichen<.

Der Mensch ist Verdränger im umfassenden Sinn des Wortes. Um sich alter Zeiten zu entledigen und der Zukunft eine neue Qualität zu geben, führt er Zeitrechnungen >Danach< ein, die ihn glauben machen sollen, dass mit der neuen Zeit alles besser werde. Jede neue Zeit bringt den Menschen neue Grausamkeiten und Verrücktheiten.

6. Wer die Wahrheit sagt, wird bestraft.

Die Gattin meines Freundes William of Inagh (aus der Grafschaft Clare in der Republik Irland), Emma de Zacatecas, sagt, es sei an der Zeit zu erinnern an den heiligen Wilhelm (gestorben 1154), zu erinnern an den Erzbischof von York in England, und an dessen Tun.

Wir gedenken des sanften und liebevollen Menschen und Friedensstifters Wilhelm von York. Man sagt, Wilhelm soll sich schwer getan haben mit der Simonie, dem im 11. Jhd. üblichen Feilschen um Kirchenämter, Einkünfte, Schenkungen, Sakramente und Reliquien - einer für die katholische Kirche europaweit und bis nach Vorderasien sich wirtschaftlich vorteilhaft erwiesenen Unsitte.

Man sagt, Wilhelm habe sich mit den Auseinandersetzungen um geistliche und weltliche Macht und dem

Feilschen um Ausbeute in der Welt, in der ernsthaft über die Stellung des Klerus und der Laien im Machtgefüge cer Kirche und der Staaten gestritten worden sei, in krummem Erbarmen verbogen.

Man sagt, die gering geschätzten, nicht zölibatären, verehelichten Priester, und die in einer losen Beziehung mit einer Frau verbundenen Geistlichen, sollen allerorts Negativschlagzeilen gemacht und so beim Papst und seinen Helfern die Forderung nach dem generellen Zölibat für alle Priester gereizt und erstritten haben. Man sagt, das habe Wilhelm, den Namensgeber unserer Glaubensgemeinschaft der *>Wunderbar trostlosen Schwestern und Brüder des Wilhelm von York<* sehr beschäftigt.

Man sagt, im 12. Jahrhundert haben kirchliche und weltliche Macht - in einer ausweglos empfundenen Situation und bei Missbilligung aufmüpfiger Geister - einen Weg aus gegenseitiger Abhängigkeit und Verquickung, aus tief greifender Finanz- und Wirtschaftskrise und gegenseitiger Bevormundung gesucht, aber nicht gefunden.

- Zu Zeiten des heiligen Wilhelms war die gesellschaftliche Situation für Menschen ähnlich der Situation heute.

Gesellschaftliche und kirchliche Repräsentanten reagierten gereizt und orientierungslos auf religiöse und gesamtgesellschaftliche Probleme, insbesondere auf religiös motivierte Machtansprüche und deren Kommunikationsstrukturen. Die beliebige, nötigende Einmischung der katholischen Kirche unter Zuhilfenahme von teils gewaltsam ausgetragenen Streitigkeiten und finanziell und materiell motivierten Beziehungen und Anschauungen hing vielen Vertretern politischer Institutionen und manchem bescheidenem Bürger einfach nur noch zum Halse heraus.

Das will sagen: Ganz offensichtlich artikulierte sich eine neue Sicht und Einstellung zu Kirche und Religion. Scheinbar bewährte Leitmotive für Staat und Gesellschaft kamen ins Wanken. Heute würde man sagen: Die alles verbindende Korruption auf oberster Ebene wurde öffentlich diskutiert und gebrandmarkt. Politische und kirchenpolitische Mächte suchten einen Weg, dem Ringen um Respekt, Würde, Vorteil- und Beutenahme in den Beziehungen die Absicht des Verletzens zu nehmen.

Es war wohl der erste Versuch, Religion zur Privatsache zu erklären. Zugleich hatten diese Auseinandersetzungen das Ziel, den Laizismus zum vorrangigen, konstruktiven Antrieb für gesellschaftliche Entwicklung zu machen und zivile Verantwortung anstelle geistlicher zu etablieren.

Es war das Bemühen, eine autonome, vorsorgende Position gegen fundamentalistische Überzeugungen und Religionen aufzustellen. Vielleicht auch war dieses Bemühen der erste Akt im Kampf um Meinungsfreiheit und für die Abschaffung kirchlicher Privilegien.

Der mit diesem Durcheinander von oberster Stelle betraute Wilhelm von York hat Vorkommnisse wie Anmassung und Korruption unter den Klerikalen offengelegt. Er wurde ungewollt zum Nestbeschmutzer.

Williams Gattin Emma meint: *>Diese Sachverhalte sind Wilhelm zum Verhängnis geworden<.*

- *>Wer die Wahrheit sagt, wird bestraft<.*

7. Wahrheit ist nur scheinbar gefragt

Wir Chinesen lernen aus der Natur, der Erfahrung und der Beobachtung. Die Menschen lernen allerdings auch auf andere Art und Weise: Sie jonglieren mit Begriffen wie Wahrheit, Irrtum, Falschheit und Lüge. Wahrheit ist nur scheinbar gefragt. In China gilt ein Sprichwort:

- *>Wer die Wahrheit sagt, der braucht ein schnelles Pferd<*

8. Fehlende Qualifikation in allen Dingen

Die Gattin meines Freundes William of Inagh, Emma de Zacatecas, behauptet, Wilhelm von York habe sein Kirchenamt zu Unrecht verloren. König Heinrich soll in einem ersten Anlauf für Säkularisierung, vermutlich nicht wissend, was das überhaupt ist, gefordert haben, dass Papst Gregor VII (verstorben 1085) sich aus dem politischen und religiösen Geschäft zurückziehe und den

Petri-Stuhl freigebe. Heinrich habe dem Papst >*fehlende Qualifikation in allen Dingen*< vorgeworfen, insbesondere jedoch, die drängenden gesellschaftlichen, ökonomischen, politischen und religiösen Angelegenheiten nicht in den Griff zu bekommen.

9. Der Mensch fürchtet großes Unglück durch Reformer

Für Großes, >*magna,* d*ivina*< fehlt dem Menschen die Qualifikation. Der Mensch glaubt sich mit göttlichem Verstand begabt, >*divina quadam mente praeditus*<, mit großer Kunst, >*ars magna*<. Wo ihm Grenzen gesetzt sind, bedient er sich der Mystik, z. B. der christlichen Mystik.

Der Mensch erahnt, begrüßt und verwirft. In der Not begibt er sich in Theologien, Kontrovers-Theologien, in Reformen und Gegen-Reformen. Zugleich fürchtet er großes Unglück durch Reformer. Aus Prophetie erhofft er sich Gotteserfahrung und Inspirationen, welche die Probleme der Menschheit und somit die eigenen lösen sollen.

10. Was ist >Hölle<

Die Gattin meines Freundes William of Inagh, Emma de Zacatecas, war von 2004 bis zu ihrer Auswanderung auf das europäische Festland Vorsitzende der >*Glaubensgemeinschaft der wunderbar trostlosen Brüder und Schwestern des Wilhelms von York*<.

Emmas Vorfahren waren aus der Silberstadt Zacatecas in Zentralmexiko, der wohl reichsten mexikanischen Silberstadt (von den Spaniern skrupellos ausgebeutet), nach Inagh in Irland emigriert. Ich weiß nicht wann, wie und warum.

Zur Person des Freundes William of Inagh: Er, William of Inagh, stammt aus Connemara, in dem man noch richtig irisch spricht. Connemara gehört in die Grafschaft Galway. Connemara ist ein Teil der Westküste der Republik Irland. Inagh, sein Heimatdorf, liegt in einer Idylle mit grauen, felsigen Bergen, mit lila Heiden und Moorgebieten und schwarz schimmernden Seen.

Dieses Gebiet ist voller irischer Mythologie. Es ist die Region, in der die mannstolle, schöne und rabiate Königin Megb und ihr betrogener Ailill im prachtvollen und schaurigen Rathcrogan-Palast sich wegen gähnender Langeweile böse Taten ausdachten, z. B. den Raub von Rindern, der zu einem blutigen Heereszug gegen die Ulster(er) im Norden von Irland führte. Hier verführte die geile Medb den naiven aber heldenhaften Krieger Fergus MacRoich aus Ulster - mit der Absicht, noch mächtiger zu werden.

Die verfluchte Provinz, auch Connacht (Irisch: Connachta) genannt, war immer die ärmste und am meisten benachteiligte Region Irlands, in der zu leben von Menschen als Strafe angesehen wurde.

Andernorts sagte man hämisch:

- *„Geh' zur Hölle oder nach Connacht!"*

Das war keine erbauliche Sicht der Dinge für Menschen.

Die einheimische Stammbevölkerung von Inagh erzählte oft, Connacht sei die am heftigsten von Hungersnöten heimgesuchte Provinz Irlands. So sollen von 1845 bis 1949 wegen der Kartoffel-Missernten und einer fehlgeleiteten Finanz-, Wirtschafts- und Sozialpolitik durch wenig verantwortungsbewusste Politiker mindestens eine Million Menschen ihr Leben gelassen haben.

Viele sollen auch auswandert sein, um dem Hungertod zu entgehen. Ein wenig soll es früher so gewesen sein, wie das auch heute für Irland und die restliche Welt zutrifft:

>Die Hölle, das sind unseriöse Landbesitzer, gerissene Bankiers und Geldverleiher, dubiose Rechtsanwälte, menschenverachtende Konzernstrategen und egomanische Politiker. Um es mit Satres Hilfe modifiziert auszudrücken:

- *>Die Hölle, das ist: Die anderen<,* L' enfer, c'est les autres.

Was ist *>Hölle<?*

Hölle ist

- die von Menschen-Eifer herbeigeführten Zustände der Stagnation, Rezession, Depression und Resignation in Volks-, Finanz-, Realwirtschaft und Warenwirtschaft,

- von Spekulanten herbeigeführte, überbordende Liquidität auf der einen und Illiquidität auf der anderen Seite (flüssig und flüchtig machen von Geldern durch Ankauf wertloser Immobilien und durch Leerverkäufe oder Wetten usw.),

- das Abziehen oder die Umverteilung sozialpolitisch notwendiger Investitionen durch scheinbar legitime *stehlende Gesetze,*

- die Begünstigung von *>Moral hazard<,* die Abschöpfung unmoralischer, unverhältnismäßiger Gewinne bei nur scheinbarer Absicherung von Risiken.

Diese und andere Gründe sind Verursacher von Höllen auf Erden. Jean-Paul Sartre, auf dessen Theorie ich mich beziehe, mag das nicht so gemeint haben. Aber diese Hölle, *>Die Anderen<,* ist konkret die vergiftete, teuflische Beziehung und systematische soziale, wirtschaftliche und politische *>Misshandlung und Ausbeutung< von Menschen* durch Menschen.

Damals (Und das ist noch gar nicht lange her) war >*in mancherlei Gewand*< die gesellschaftliche Situation für Menschen ähnlich der Situation heute.

Bevor William von der ganz großen Welt erfuhr, wuchs er unbeschwert mit 160 irisch und englisch sprechenden Einwohnern in dem abgelegenen, bezaubernden Dorf Inagh auf. Als Kind glaubte er, hinter den grauen Bergketten sei die Welt zu Ende, sei nur Abgrund. Seine große Familie sei die einzig große auf der Erde.

Mit den Jahren wurde ihm gewahr, dass der kleine Rest des Planeten Erde der größere Teil nach Inagh und seiner Umgebung ist, und dass dieser nicht nur aus Bergen, Flüssen und Mooren besteht, und dass es außer Süßwasser und Salzwasser auch Abwasser, Faulschlamm, Haushaltswasser, Jauche, unterirdisch verlegte Rohr-Systeme, Lichtmangel und Gift gibt, und dass der Mensch der größte Feind von sich selber ist.

Nachdem William sich im hohen Alter auf meine Anregung hin entschlossen hatte, Irland für immer zu verlassen und auf den europäischen Kontinent auszuwandern, (genau gesagt: nach Venedig) wurde ihm bewusst, dass Menschen besondere Spezies und nicht die einzige Gattung in der Welt sind.

Heute weiß er: Menschen leben überall auf der Erde, in Europa, Afrika, Amerika, Asien, in vornehmen Häusern attraktiver Stadtteile, in den Kellern, in Behörden und jetzt, im Jahr 2017, besonders in den überbevölkerten, meistens verwahrlosten und teils verfallenen Elendsvierteln Europas, Afrikas, Amerikas, Asiens und in arabischen Staaten.

Viele Menschen leben randständig und am Wohlstand entlang, aber außerhalb. Sie ernähren sich von Rest-Produkten, die sich andere Menschen gewaltsam aneignen, ersehnen, einbilden und wegwerfen.

Seit Einführung von Gesetzen und Maßnahmen für diejenigen Menschen, die ihres wirtschaftlichen und sozialen Potenzials beraubt wurden (Man nennt solche Entwicklungen >Neo-Liberalismus< und im schlimmsten Fall >Raubtierkapitalismus<), werden Bedürftige in Gebiete administriert, in denen staatliche und städtische Versorgung mangelhaft bis ungenügend sind.

Menschen, denen es gut geht, sogenannte Privilegierte, wollen eine >Notfreie Zone< in ihrem unmittelbaren Lebensbereich, um die Armen aus ästhetischen und Gewissensgründen von sich fernzuhalten.

Der Grundstein für die heutige Verslumung menschlicher Lebensgemeinschaften in Europa (und anderswo), soll bereits vor ca. 22 Jahren gelegt worden sein.

Die Wurzeln liegen tiefer. Die Ursachen liegen

- in einer überlebten Traumwelt zu Würde, Integrität und Gerechtigkeit des Menschen,

- im Basta-Wissen (vermeintliche Allwissenheit) und aus diesem sich entwickelnden Untertanenverhalten, bisweilen Kadavergehorsam,

- in Sicherheitsneurosen der Volksgemeinschaften beim Versorgungs-, Erprobungs-, Bewährungsgang der Bürger,

- im Lügenmanagement (In religiösem und weltanschaulichem Fundamentalismus).

Um die Menschheit in der Reihe zu halten, wird sie in gigantischem Ausmaß
- mit Medien, Polis, Techno, Poetie usw. manipuliert - im Glauben, alles sei machbar,
- in Kooperations-, Koordinations-, Konspirationsformen des Kapitalismus und Kommunismus für Lebensgemeinschaften, Finanzen und Währungen (Ökonomie) assimiliert,
- durch bewusst herbeigeführten fehlenden Überblick zu gesellschaftlichen Institutionen, zur Finanz- und Wirtschaftspolitik, in die Schwächen des politischen Organisierens manipuliert,
- in Machenschaften vieler Banken zu Formen der unseriösen Zusammenarbeit und für Instabilität der Geldkreisläufe, des Kapitalmarkts und des

Waren- und Güterorientierten Geschäfts invol-
viert,

- im Fehlen von Zukunftsvisionen der geistigen und
  mentalen Stagnation, dem Rückgriff auf Gewaltherrschaft, Rassismus, Oligarchie anheimgestellt,
- zum >*Vom Schummeln leben*< erzogen,

Menschen werden von Politik-Schwätzern zielstrebig auf
dem Holzweg gehalten.

Es zeigt sich: Rein gar nichts ist für die Ewigkeit geschaffen. Gott - so es ihn gibt - ist nicht mit den Anständigen.
Macht, Einfluss, Eigentum, Reichtum sind höchste Ränge
für Gottgefälligkeit. >*Vermögend sein*< ist gleichbedeu-
tend mit >*Im Einklang mit Gott sein*<.

Die Entwicklung zu für Menschen verhängnisvollen >*Exit-
Strategien*< in allen gesellschaftlichen Belangen wurde
von krankhaft selbstbezogenen Politikern, gewissenlosen
Spekulanten, skrupellosen Wirtschafts- und Finanzmak-
lern und von mit allen Wassern gewaschenen Kapital-
schnüfflern und fast ausschließlich an Wählerstimmen
interessierten Politikern aus Beutegesellschaften in ihrem Sinne bestens bearbeitet, gesteuert und rigoros
durchgesetzt.

Die Weltgesellschaft mit Milliarden Individuen gerät in
geistige Massenflucht.

Plötzlich gelten arme Menschen als Versager, als Ge-
sindel, abwertend als Pack, als heruntergekommene, zur
Kriminalität neigende Wesen.

11. Es bleibt der unerfüllte Wunsch nach Menschlichkeit

Ist die Zukunft der Menschheit wirklich der Humanismus? Die Menschen stehen vor einem weltgesellschaft-
lichen Super-Gau. Alles scheint in Auflösung und entzieht
sich der Kontrolle durch den Menschen.

Der Mensch wird sich selbst zur Hölle. Seine Welt ist
eine Lügenwelt, Traumwelt, Kauf- und Verkaufswelt,
eine Illusion von >heiler Welt<.

Williams Gattin Emma de Zacatecas reimte ohne Punkt
und Komma zu dieser Entwicklung:

Ach die Zeit von unbestimmter Dauer
Der Not des Elends und der Trauer
Die andere und die jetzt des Augenblicks
Der Wollust der Zuversicht des Glücks
So flüchtig wie ein Schauer ist die Zeit
Sie eilt stockt schwindet eingereiht

Emma kann es nicht lassen, vieles, was sie berührt, in
Anlehnung an irische Volkslieder in Verse zu fassen. Will
man erfahrenen Menschen des abgewirtschafteten Europa glauben, dann gerieten die Entwicklungen auf dem
Kontinent trotz sorgsam ausgewogener wissenschaft-

licher Untersuchungen zu Kapitalismus, Sozialismus, Kommunismus, trotz der Analysen und Statistiken von Wahrsagern und Mahnern zu Wohlstand, Anstand, Moral, Mangel, Not und Armut in mancherlei Gewand, spätestens ab dem Jahr 2002 aus allen Fugen.

Unzählige menschliche Wesen begannen aus dem Bauch heraus gegen Hunger, Angst, Gewalt, Terror, mangelnde Eingebungen, tausend Lügen und die Schläue von Politikern zu protestieren.

Politische und soziale Katastrophen mit Verlust einer präzisen Sprache, mit Staats- und Justiz-Willkür, Wirtschafts-, Weltanschauungs- und Religionskriegen, mit Folter, Massakern, mit Wasser- und Luftverschmutzung, unkontrollierter Müllentsorgung, Stark-Regen, Dürre, Wanderdünen und Orkanen verdunkelten den Himmel und entwurzelten Menschen.

Widerstand war zwecklos. Politiker legten weltweit für Öl modernste Waffen in die Hände von irrsinnigen Despoten bzw. Diktatoren und schufen somit die Grundlagen für den Verlust von Schutz und Würde der Menschen.

Für Menschen weltweit herrscht heute, im Jahr 2017, eine fast apokalyptische Stimmung, wenn bei Müllhalden unzählige Lastwagen mit Ladungen von Abfall aus der kleinen Überflusswirtschaft ankommen.

In den Jahren bis 2017 versuchte sich der Mensch mit fadenscheinigen Strategien, mit Exit-Strategie, Buy-Back, Going-Public, Secundary Purchase, Trade Sales.

Die Notenbanken der Länder pumpten wegen des ungezügelten Renditefiebers, der Stützung der Schattenbanken und Portfolio-Unternehmen und zur Aufrechterhaltung der >heilen Welt< riesige Mengen Geldes in stockende Geldkreisläufe der Volkswirtschaften.

Die Folge: Werte rollten ungebremst auf die Börsen zu, trotz unübersehbarer Krisen und Katastrophen. Immer mehr Großunternehmer vereinnahmten Anleihen ohne Sicherheiten.

Junge Unternehmen, bei denen die >Dreckarbeit<, die Gründungs- und Stabilisierungsarbeit getan war, wechselten unfreiwillig nach der ersten Blüte in beteiligte Großunternehmen und deren Management, teils um zerschlagen zu werden, teils wegen Steuervorteilen.

Es blieb der unerfüllte Wunsch nach Menschlichkeit und Gerechtigkeit. Menschliche Wirtschaft, Politik und Religion waren voller Wahrsager, Hellseher und Heilsbringer.

Wahrsagen ist eine grundständige Regung des menschlichen Geistes. Die Schöpferkraft des Menschen entsprang aus der Erfahrung menschlicher Narrheiten.

Ist menschliches Handeln vorhersehbar? Sogenannte Wirtschaftsgrößen und Politiker sind oft Mystiker, positionierte Personen mit brodelnden und geistigspekulativen Zukunftsideen, die mitunter zu Zwangsvorstellungen und/oder Ideologien ausarten.

Bleibt die Frage: Was ist Mystik in Wirtschaft, Finanzen und Politik? Mystik ist eine Frage des Glaubens, des Standpunktes und der Angelegenheit subjektiver Wirklichkeit. Das menschliche Leben ist >*nur eine Art Wirklichkeit*<.

Die vom Menschen gemachte Wirklichkeit kommt ohne Mystik nicht aus. Nicht an der Wirklichkeit, sondern an der vom Menschen gemachten Wirklichkeit zerbricht der Mensch.

Das Leben ist hart - härter als das wirkliche Leben. Menschliches Leben in der Wirklichkeit ist subjektive Erfahrung, Verklärung.

12. Geplante Obsolenz

Die Menschen ohne Zukunftsperspektiven stürzen sich auf Hinterlassenschaften von denjenigen, die Hungernde und Arme einfach nur ignorieren.

Die im Überfluss leben: Sie >*kaufen für die Müllhalden*<. Sie kaufen Produkte, bei denen das Abnutzungsdatum, die Unbrauchbarkeit beim Kauf entgegen aller Vernunft feststeht bzw. einprogrammiert ist. Sie sind Opfer einer Produktionsvariante:

- der geplanten Obsolenz.
- Sie werfen weg, nur weil ein Produkt nicht mehr modern ist oder nicht mehr dem augenblicklichen Geschmack entspricht.
- Sie werfen hilflos weg, weil ein Produkt, vom Hersteller gewollt manipuliert, nach einer gewissen Zeit technisch unbrauchbar wird.
- Sie kaufen für den Müll.

Unreflektierter Fortschrittsglaube und zügelloses Wirtschaftswachstum sind Betrug an der Menschheit. Nur Verrückte und Ausbeuter glauben an grenzenloses Wachstum auf einer begrenzt mit Ressourcen gesegneten Erde.

Früher saßen meine Gattin und ich spätnachmittags bei Kerzenschein im Wohnzimmer, bei einer Tasse Tee. Das Fenster gab einen herrlichen Blick auf den Canal Grande frei. Meine Gattin und ich unterhielten uns über das Mögliche und das Unmögliche, öfter auch über das Letztendliche und das Unendliche von allem Seienden und für alles Tun.

Wir stritten uns nicht zu theologischen, philosophischen und wissenschaftlichen Themen. Das meinten wir jedenfalls. Wissenschaftlich zu denken war uns zu anstren-

gend, da Wissenschaft im Grunde nur eine Reihe kor-
rigierter und zu korrigierender Fehler darstellt.

Theologie und Philosophie vereinen zwei Zustände in
sich, die wir für unsinnig hielten: Sie werden mit >Glau-
ben< und >Meinen< künstlich am Leben gehalten.

Theologen und Philosophen akzeptieren nicht wirklich
Fehlerbegrenzungen und Fehlererwartungen.

Nur die Menschen haben als einzige Wesen in der Welt
diese, ich möchte behaupten, Sucht nach Rechtfertigung
und Letztbegründung für Seiendes und nicht Seiendes
und für alles Tun. Das nennen die Menschen Religion,
Sinnfrage und fundamentales Wissen.

Sklavendienste dieser Art kennen Tiere und Pflanzen
nicht. Sie haben sich in der Geschichte die Sinnfrage
nicht leisten können.

13. Über die Verpflichtung, etwas zu tun oder nicht zu tun

Viele Jahrhunderte galt für die Menschen: Gott liebt die,
die Geld machen und damit Wunder tun?

Tun und Lassen? Was tun, wenn der Mensch Wissen und
Erkenntnis sucht? Er vollbringt Taten, Untaten. Er ver-
liert sich in unerbittlichem Tun, in Gewaltanwendung.
Mit ca. 16.000 Kriegen in der Vergangenheit sind hin-

reichend Untaten begangen worden, um die Nützlichkeit des Menschen für die Welt infrage zu stellen.

Der Mensch ist Täter und Opfer durch sein eigenes Tun. Man sollte den Menschen hindern können, noch mehr zu tun, noch mehr Dummheiten zu machen. Gibt es ein Tun, das weder von Regeln noch von Verpflichtungen geleitet ist?

Über die Verpflichtung, etwas zu tun oder nicht zu tun:
- Da ist nichts! Warum tun, wenn nichts ist?
- Alles ist! Warum tun, wenn alles schon ist?
- Ich bin einzig! Alles finde ich in mir selbst! Warum tun, wenn mir nichts mangelt?
- Alles ist von der Natur her vollkommen! Was ist dann meine Natur?
- Erkenntnis ist jenseits von >Meinen< und >Glauben<. Weshalb dann >Sollen< und >Müssen<?

14. Arabische Staaten waren nie Demokratien

In meinen Behauptungen gegenüber meiner Gattin versuche ich dann und wann eine Rückschau auf das, was die Menschen Geschichte nennen, vor allem lenke ich den Blick auf die Geschichte der Christenheit.

Heutzutage, wenn von einem Minarett der Muezzin zum Gebet ruft, äußere ich mich manchmal auch zu den Ansichten islamischer Letztbegründer und Rechtfertiger für alles Sein und jedes Tun.

Ich erinnere dann an den islamischen Terrorismus des 20. und frühen 21. Jahrhunderts.

Diese schon mehr als 16 Jahre andauernde Bedrohung ist nach Meinung meiner Gattin kein islamischer, sondern der arabische Terrorismus von überforderten, wirtschaftlich und sozial von Despoten klein gehaltenen Völkern.

Er habe seine Wurzeln nicht in der Religion, sondern in weltweit politischen Verwicklungen und Prozessen und in von Diktatoren gelenkten und von den westlichen Demokratien, zuvorderst von den USA, von Deutschland, Großbritannien und Frankreich hofierten Räuber- und Polizeistaaten (... sagte meine Gattin!).

Vorstufe des Terrorismus sei

- die Not, die Armut, der Mangel, das Unrecht, die Gewalt und die am eigenen Leib erfahrene Ohnmacht.

Armut, Perspektivlosigkeit, Arbeitslosigkeit seien die eigentlichen Wurzeln des Terrors. Dazu kämen unzuverlässige ethisch, moralisch, religiös, politisch und sozial selektierende, fundamentalistisch aus- und zugerichtete Bildungssysteme.

Die arabischen Staaten waren nie Demokratien. Sie waren von Despoten gelenkte Diktaturen mit der rechtlichen, wirtschaftlichen und sozialen Struktur von Kleptokratien, von >Räuberstaaten<, in denen mit stehlenden Gesetzen das Volk ausgebeutet wurde und die Ressourcen, die Mittel und Quellen für Tun und Lassen, ein paar wenigen Profiteuren zugute kamen.

Vieles geschah mit Duldung und Förderung westlicher Demokratien sowie von Fassaden-Demokratien. Die arabische Welt wurde von westlichen Staaten dominiert.

Ohne Zufluchtsmöglichkeiten in den islamischen Kulturkreis, in den Islam, hätten die Araber in der Phase der Kolonisation und hernach ihre Würde und Identität verloren (... sagte meine Gattin).

- Zu unseren Zeiten ist die gesellschaftliche Situation für Menschen im islamisch geprägten Raum ähnlich der Situation damals.

Die Volksaufstände in Ägypten, Algerien, Jemen, Jordanien und Tunesien 2010/2011 waren nicht nur ein Aufschrei gegen Polizeigewalt, gegen verordnete Brutalität und gegen Geheimdienste. Mit den Veränderungen in der arabischen Welt sagte sich das Ende der Vormachtstellung der USA an.

Das politische Kalkül, mit Gefälligkeitsdiensten, Geldgeschenken und doppelter Moral Ordnung in die Welt zu bringen und dabei Kategorien der Urteilsfindung zu schaffen, >welche Staaten gut und welche schlecht seien<, ist entlarvt und nicht mehr wirksam. (Gemeint war in Wirklichkeit, welche Staaten dem Westen willig und welche unwillig sind).

Individualität und Freiheit sind für die Zukunft der Ägypter, Algerier, Jemeniten, Jordanier, Syrer, Tunesier und anderer nicht beabsichtigt.

Sie sind Privileg einiger weniger Machthaber und ihrer Vasallen. Auch nachhaltiger Friede zwischen Völkern des Nahen Ostens ist nicht vorgesehen. So ist beispielsweise die Versöhnung zwischen Israel und Ägypten gekauft. Die USA und Europa, die Freunde Ägyptens, haben 30 Jahre die Welt getäuscht, um den Status quo aufrechtzuerhalten.

Die Wahrheit hat sie eingeholt.

Die Sehnsucht nach Offenheit, Menschlichkeit, Pluralität, Individualität, Menschenrechten ist im arabischen Volk mit den Jahren gewachsen. Die Despoten halten sich für überlegen - was sie nicht sind.

Um den Frieden im Nahen Osten, in den Ländern des >Fruchtbaren Halbmondes< und auf der arabischen Halbinsel zu bewahren, müsste sich der Westen ehrliches Verhalten und wahrhaftiges politisches und wirtschaftliches Vorgehen einfallen lassen.

Arroganz und Halbbildung sowie mangelhafte ethnische, kulturelle Kenntnisse in Völkern des Westens schüren arglistige und verdorbene Ansprüche. Sie bieten wenig Schutz für die einfachen Leute.

Die Mehrzahl der Bürger Westeuropas und der mächtigen USA haben in der ersten Hälfte des 21. Jahrhunderts nicht gewusst, dass Afghanistan, der Iran und Tadschikistan keine arabischen Länder sind, und dass im Iran nicht islamischer Terrorismus, sondern eine Revolte gegen die scheinbar säkularisierte westliche Kultur, folglich gegen die sogenannte >Moderne< und >Postmoderne<, gegen die Arroganz des Westens und deren Räubermentalität stattfindet.

15. Terror ist eine weltweite Bedrohung

Terroranschläge sind der primitivste, hinterhältigste und barbarischste Akt des Menschen überhaupt. Kein Mensch kann auf Terroranschläge und ihre Opfer stolz sein. Wenn doch, dann ist dieser Mensch krank im Kopf oder von Grund auf bösartig.

Terroranschläge werden aus Hass und Wahn ausgeführt und signalisieren die größte Bösartigkeit überhaupt. Terrorbanden können nur durch das Zusammenwirken aller Nationen ausgeschaltet werden.

Nach inzwischen 16 Jahren Terror mit vielen unschuldigen Opfern gibt es immer noch zu viele Schlupflöcher in der Welt, in denen sich Terroristen sicher fühlen können.

16. Man sollte sich weniger an der Geschichte als vielmehr an ihrer Verfälschung orientieren.

Geschichte wird von ehrlichen und unehrlichen, Kriege ablehnenden und kriegsbegeisterten Menschen gemacht und geschrieben. Aber auch Kriegsverbrecher, Karriere- süchtige, Diktatoren, Despoten, Tyrannen, andere Ver- rückte und Demokraten tragen zur Geschichtsschreibung bei.

Entsprechend ist sie gefälscht, schön geschrieben, teils erfunden oder verheimlicht, teils verhöhnt. Man sollte sich weniger an der Geschichte als vielmehr an ihrer Verfälschung orientieren. Historische Ereignisse und de- ren Interpretationen werden gemacht.

Haben die USA nicht mit Hilfe der *Central Intelligence Agency* (CIA), ihrem zivilen Geheimdienst, die funda- mentalistischen Bewegungen erst geschaffen bzw. losge- treten?

So sagten und fragten sich 2006 und die Jahre danach zumindest unter anderem George Shultz, ehemaliger Außenminister unter Ronald Reagan, Mahmood Mam- dani, Verfasser des Werkes >*Guter Moslem, böser Moslem*<, Khadija Katja und Wöhler-Khalfallah, welche die Ursachen für die Radikalisierung im Namen des Islam am Beispiel Algerien, Ägypten, Pakistan, Afghanistan und Saudi-Arabien untersuchten.

Die CIA operierte nachdrücklich während des Korea-Krieges, des Vietnam-Krieges, der Afghanistan-Kriege, bei Militärputschen in Lateinamerika, aber auch in Afrika. Sie kooperierte mit Despoten und Diktatoren, soweit diese in das politische Konzept der USA passten. Formal nahm die Anzahl der Staaten, die sich Demokratien nennen, zu. Aber eben nur formal.

17. Demokratie funktioniert nur bei erlaubtem gegenseitigem Misstrauen

Kann man von Demokratien sprechen
- bei fehlender Gewaltenteilung im Staatsgefüge,
- bei permanentem Amtsmissbrauch der politisch Verantwortlichen,
- bei Korruption im Sozial- und Wirtschaftsgefüge,
- bei systematisch betriebener Ausgrenzung finanzschwacher oder ihres Mitspracherechts beraubter Minderheiten?

Hinter der Fassade vieler sogenannter Demokratien stecken autoritäre Systeme mit dunklen Mächten und menschenverachtenden Weltanschauungsparteien, die jede Art Opposition gewalttätig unterdrücken.

- Demokratie funktioniert nur bei >erlaubtem< gegenseitigem Misstrauen.

18. Antwort auf schmerzliche Erfahrungen aus der Geschichte

Meine kluge Gattin vertritt die Auffassung, diese Entwicklungen seien eine Folge der bis in das 21. Jhd.
hineinreichenden Stellvertreterkriege und des *>Kalten
Krieges<*.

Sie seien das Ergebnis des sendungsideologischen *>Ko-
lonialismus<* und des *>Slipped over<* des weißen Man-
nes, einer Eroberungsart mit dem Ziel, den Völkern
deren eigene gewachsene Kultur zu nehmen und fremde
Kulturen überzustülpen, mit der Einschränkung, ihnen
aus der neuen, übergestülpten Kultur Pflichten auf-
zuladen, nicht aber die Rechte und den Nutzen aus
dieser Kultur zu gewähren.

Meine Gattin Xiaoxue

Die USA selbst hätten während des >*Kalten Krieges*<
Afghanistan, das kein arabisches Land ist, im Krieg der
Afghanen gegen die UDSSR fanatische arabische Kämp-
fer zur Seite gestellt und sehr gut bezahlt - sagt Kamal
Matinuddin in >The Taliban Phenomenon< (Afghanistan
1994-1997, Oxford Univerity Press, 1999).

Der iranische Kulturkreis mit seiner bedeutsamen Geis-
tes- und Kulturgeschichte im Altertum und seiner kulturellen Vielfalt habe sich unter massivem Druck der Bri-
ten, Russen und Amerikaner völlig unvorbereitet und im
Eiltempo eine Art Zwangsmodernisierung nach west-
lichem Muster gefallen lassen müssen, was diesem Land
ehemaliger Hochkulturen nicht gut getan habe.

Der Iran sei verfremdet worden, meint meine Gattin. Die
aus einem Völkergemisch bestehende islamische Re-
public Iran sei nie eine Kolonie gewesen und durch
fremden Einfluss doch randständig (marginal) geworden,
sagt meine Gattin.

War es nicht die CIA, die im Interesse der USA die zarten
Versuche einer Demokratisierung des Iran zunichte
machte und aus vordergründigen Interessen die Hoffnung gebende Leitgestalt Mohammad Mosaddegh 1963
stürzte sowie den Schah Mohammad Reza Pahlavi als
ihre Marionette installierte?

Die ab 2009 aus dem Bauch heraus aggressiven anti-
westlichen Aktionen der Führer des Irans zur Abgren-

zung gegenüber der Westkultur und deren Erwartungen seien nicht islamischen Ursprungs, sondern politisch motivierte >Antwort auf schmerzliche Erfahrungen aus der Geschichte<, die bis in die Familien, die Heiligen Gemächer, sich auswirkten.

In arabischen Ländern wie Ägypten, Saudi-Arabien, Irak, Jemen, und in den Autonomiegebieten der Palästinenser habe bis ins 21. Jahrhundert der exzessive Kolonialismus nachgewirkt. Das gälte in gleicher Weise auch für Länder, die mit Opfern und Geschick in die neue Zeit gefunden hätten, wie z. B. Marokko.

In Mosambik und in Angola sei von den USA der von niemandem gewünschte Terror - ob gewollt oder ungewollt - ausgelöst worden. Mit Hilfe der mächtigen USA habe in Saudi-Arabien und Pakistan eine Radikalisierung des Islam stattfinden können.

- Wir Menschen sind hoch sozial?
- Wir Menschen pflegen Anhänglichkeit und Vertrautheit untereinander?
- Wir lieben unsere Familien? Wir knüpfen unumwunden feste Beziehungen?
- Wir sind von Natur aus gelehrige Schüler?
- Wir sind unschlagbar im Lernen fürs Leben und Entwickeln von Überlebensstrategien?
- Wir fühlen uns imstande, über politische und soziale Sachverhalte nachzudenken und diese zu analysieren?

- Wir verfügen über ein exzellentes Gedächtnis?

Haben wir unsere Lektion erst einmal gelernt, vergessen wir diese nicht mehr?

Mitnichten! Wir Menschen sind >nur< wahre Überlebenskünstler.

19. Ist Gott nur eine faule Ausrede?

Elend der Mittelmäßigkeit. In Ermangelung schmeichlerischer Redekunst erzähle ich über den Volksaufstand in Tunesien. Ich berichte mit pflichtgemäß einleitenden Worten über das Tun, was nicht verwundern soll, wenn man bedenkt, dass ohne Tun, das allem Erkennen Bestand gibt, wir keine Erkenntnis finden können.

Brüder und Schwestern der Einfalt: Großes entsteht aus Freundschaft. Doch die Natur ist der beste Freund des Menschen

Natur kennt
- keine Liebe,
- keine Zuneigung,
- keine Zwietracht,
- keine Herzenskälte,
- keine Gleichgültigkeit,
- keinen Hass,
- keinen Starrsinn,
- keine Maßlosigkeit.

Natur kennt keine Abfälle. Sie kennt nur Nährstoffe.

Was ist groß? Ich kann nichts verbergen und will nicht zu viel sagen. Großes entsteht im Kopf zwischen zwei Orten, hier der Ort der Eingebung, dort der Ort des freien Willens. Brüder und Schwestern, ich will nicht gehört werden. Ich erhebe auf gar nichts Anspruch.

20. Von Menschen geübte schmeichlerische Scheinkünste

Wohlwollende Menschen sprechen selbstlos und mit Einsicht. Sie haben kein Bedürfnis zu schmeichlerischer Redekunst.

Man sagt, schmeichlerische Redekunst sei die Grundlage für eine gute Rede in der Politik. Besonnenheit und Gerechtigkeit und die Fähigkeit, Unrecht zu vermeiden, sind die Voraussetzungen für das Wirken von Menschen. Stimmt das?

Von Menschen eifrig bemühte schmeichlerische Schein-Künste seien hier hervorgehoben. Vor diesen schmeichlerischen Schein-Künsten sei gewarnt:
- Die selbstlobende, gefällige körperliche, seelische und geistige Putzsucht und Putzkunst.
- Die in die Seele wirkende Rede, welche ist: Sophistik, Weisheitsrede und Rhetorik - und um jeden Preis überzeugen wollende Beredsamkeit.

Diese schmeichlerischen Scheinkünste sind allesamt übel, da sie der Ausbreitung der Annehmlichkeiten anstelle der Realisierung des Förderlichen dienen.

Doch scheint Redekunst bedeutsam für politische Zwecke,

- besonders in Demokratien,
- in der Gerichtsbarkeit, wenn an Stelle der Rechtsprechung Urteile gesprochen werden sollen,
- in der Feierrede, um sich gegenseitig herauszuheben und um zu schmeicheln,
- in der Grabrede, wenn man stimmungsvoll unwahr schönredet,

- in der Ausübung von Herrschaft und Unterwerfung, wenn ein untergeordneter Mensch zur >Vernunft< gebracht werden soll,
- in weltanschaulichen oder religiös generierten Reden zu Theokratie, Diktatur und Tyrannis,
- im Zuge gewalttätiger Anpassungsunterordnung.

21. In Zeiten unerträglicher Verhältnisse stellen sich Menschen die Frage nach dem Freitod

Erinnern wir uns an die heilige Apollonia, ermordet im 3. Jahrhundert, die in Alexandria, einer Hafenstadt an der Mittelmeerküste Ägyptens, um ihre Keuschheit zu bewahren, bei einem gegen die Christenmenschen angestachelten Aufstand den Märtyrertod fand.

Historisch mag offen bleiben, ob sie, um ihren Glauben und ihre Jungfräulichkeit zu bewahren, ermordet wurde oder freiwillig den Tod suchte.

In Zeiten unerträglicher Verhältnisse stellen sich Menschen die Frage nach dem Freitod. Wertete die heilige Apollonia, Zuflucht nehmend in Psalmen, ihre Jungfräulichkeit wie <pures Gold und süßer als Honig<? Erfuhr sie die Vermessenheit der Männer, die über Frauen übel herrschen?

Sie gewahrte Menschen, die Furcht und Schrecken lehrten und das Gefühl vermittelten, Gott ist nicht auf Seiten der Opfer.

Verbarg sie sich unter den Geächteten, die ohne gesetzlichen Schutz sind?

Wer sind Geächtete?

- Entehrten Menschen?
- Flüchtende Menschen?
- Vertriebene Menschen?
- Abgeschobene Menschen?
- Verfemte Menschen?
- Durch Unrecht und Willkür kriminalisierten Menschen?
- Im Dunkeln umherirrende Menschen?
- In schmählicher Knechtschaft verharrende Menschen?
- Menschen, die anderen Glaubens sind?
- Uneheliche Kinder?
- Mütter unehelicher Kinder?
- In Not geratene Behinderte?
- Die eine andere Hautfarbe tragen?
- Ehrbare und Streitbare der Bürger- und Menschenrechte?
- (Diejenigen, die nach Veränderung zum Guten ein totalitäres, korruptes System aufarbeiten helfen, Missetäter in die Verantwortung nehmen und zur Rechenschaft ziehen wollen, und deshalb - in einer Demokratie - ihres Amtes enthoben werden, wie beispielsweise der Untersuchungsrichter Baltasar Garzon (geboren 1955), ehemals Richter an der >Audiencia Nacional< in Madrid).

Sie gelten als Verdorbene.

- Ein Grundpfeiler der Demokratie ist eine unab-
hängige Justiz?

Sie werden als vermeintliche Übeltäter von Gerichten, der Staatspolizei und von Geheimdiensten, von Spitzeln, Folterern und vom Pöbel in die Enge getrieben. Viele dieser Opfer suchen den Freitod.

22. Menschen versuchen zu überleben

Schwierig ist es, sich in bedrohlichen Situationen zu behaupten, zum Beispiel in Situationen, die Hunger, Durst, die Verfolgung oder die Unversehrtheit des Körpers und der Seele betreffen.

Die Menschen versuchen zu überleben
- durch Überlebensunterhalt unterschiedlicher Art,
- mit Arbeit und Beruf,
- im Militärdienst,
- in religiösen und weltanschaulichen Gemeinschaften,
- im Schutz der Familien,
- in Solidarität mit ihresgleichen.

Ihre Mittel und Werkzeuge sind geschenkte, erarbeitete, gekaufte oder gewaltsam genommene Speisen, Getränke, Finanzen, Unterkünfte, Werte wie Eigentum und Besitz, Macht, Moral und Ethik.

>*Gott bürdet keiner Seele mehr auf, als sie zu tragen vermag?*< (Koran, Sure 2286) Ist Gott Ausflucht in Richtung eines imaginären Paradieses, Flucht vom Ort der Bedrohung oder des Versagens? Ist Gott nur eine faule Ausrede?

>*Der Gott der Hoffnung erfülle euch mit aller Freude und Friede im Glauben, dass ihr völlige Hoffnung habt in der Kraft des Heiligen Geistes<?* (Röm. 15,13). Dem steht pragmatisch, aus Erfahrung und Wissen, entgegen: >*Von Hoffen ist nichts zu hoffen*<.

23. Mein Aufenthalt in Tunesien: Das Regime der Willkür führt sich auf wie Gott

Ich will dankbar für die Tugenden der Nachwelt berichten, welches Unglück in Tunesien geschieht. Ich will sagen, ich bin endlich angekommen am Zufluchtsort gottloser Menschen. Ich kann nicht jubeln und jauchzen beim Zustand der Menschen in den Städten Tunis, Kairouan, Sfax und Duz. Denn das Regime der Willkür führt sich auf wie Gott. In seiner Hand ist alle Macht, sind alle Besitztümer, sind Land und Meer.

Kommt, sagte ich zu Gleichgesinnten, lasst uns aufstehen, uns vereinigen. Wir sind das Volk, die Eingeweide des Staates.

Würden sie doch auf meine Stimme hören! Ihr Herz ist verhärtet durch Unrecht und Verfolgung. Die Menschen,

deren Seelen durch einen engen Korridor wie Schafe in eine Falle getrieben wurden, kennen neue Wege nicht.
30 Jahre von Diktatoren auf die Probe gestellt, finden die Menschen nicht den Pfad in die Vorhöfe der Menschlichkeit. Irrtümlich strebt das Volk nach europäischem Lebensstandard. Ich sage euch: Demokratie wird es in den nächsten Jahrzehnten in den arabischen Staaten nicht geben. Gründe sind bestehende Vermögensverhältnisse, finanzielle Verflechtungen, die Zerstrittenheit der arabischen Lager, religiöse Debakel, die unterschiedlichen Interessenlagen der Großmächte. Amerika als möglicher Stabilisator ist unglaubwürdig, entkräftet und kriegsmüde.

24. Ein Brief

Liebe Emma de Zacatecas, lieber William of Inagh! Meine fürsorgliche Gattin erinnerte mich mit einer Notiz auf der Postkarte ihrer Lieblings-Kathedrale in Limoges an den 1584 verstorbenen Karl Borromäus, Kardinal und Erzbischof von Mailand, und an dessen Tun.

Karl soll berufsmäßiger Gestalter und Gegenreformator des zwischen 1545 und 1563 in mehreren Etappen einberufenen Konzils von Trient gewesen sein.

Ein Konzil ist eine Veranstaltung der päpstlich-katholischen Kirche zur möglichen Beantwortung grundsätzlich gesellschaftlicher und theologischer Fragen.

Das Konzil von Trient war die Spielwiese des Papstes Paul III, der nachdrücklich verlangte, man müsse die protestantischen Lehren seiner Zeit verurteilen und an den Pranger stellen.

Jenes Konzil, Tridentinum geheißen, begann am 13.12. 1545 mit der Forderung des römisch-deutschen Königs und Kaisers Karl V nach einer Kirchenreform. 1563 galt das Konzil von Trient inoffiziell als gescheitert. Der Katholik Borromäus führte altgläubig, hausbacken, mit Hang zur Idylle und mit mäßigem Erfolg einen verbissenen Kampf gegen Reformbewegungen innerhalb der Kirche, gegen den Protestantismus und für die Duldung des Nepotismus, der Besetzung kirchlicher Ämter mittels Vetternwirtschaft.

Neben Karl V (gestorben 1558) gab es in dieser Zeit noch einen in den Augen des päpstlichen Katholizismus verhassten Querulanten, Heinrich VIII. Heinrich VIII (verstorben am 28.02.1547) war König von England.

Bekannt wurde er bereits zu Lebzeiten wegen seiner sechs aufeinander folgenden Ehen. Die Suche nach einer Ehefrau, die ihm den ersehnten Thronfolger schenkt, führte zum Bruch mit der römisch-katholischen Kirche.

Heinrich VIII trennte sich samt seinem Volk vom Katholizismus und gründete eine eigenständige Kirche Englands, deren Oberhaupt er wurde. 1534 setzte Heinrich im Parlament den >Act of Supremacy< durch, der ihn, den König von England, und alle Folgekönige und Königinnen als höchstes Oberhaupt der Kirche von England auf Erden einrichtete.

Damit sagte Heinrich VIII sich endgültig von der römischen Kirche los. Heinrich soll ein intelligenter, aber auch arroganter, von Sex besessener Schnösel gewesen sein, der Widersacher kaltblütig über seine Staatsmaschinerie töten ließ.

Das englische Volk musste unter Eid Heinrichs VIII Oberhoheit über Kirche und Thronfolgegesetz anerkennen. Viele, die sich nicht zur neuen Kirche bekannten, wurden von Staatsbediensteten inhaftiert oder hingerichtet. Heinrichs Eigenwille hatte die Exkommunikation und im Jahr 1538 den Bann durch den Papst zur Folge.

Zu Zeiten Heinrichs entwickelte sich im Verhältnis kirchlicher und weltlicher Macht für den gewöhnlichen Christen ein Spannungsbogen zwischen der penetranten kirchlich-päpstlichen und der den Alltag regelnden staatlichen Politik der Könige und Kaiser.

Der einzelne Mensch wurde für die Lösung seiner Probleme und die vermeintliche Erlösung von allen Übeln von der weltlichen Macht zur kirchlichen und von der kirchlichen zur weltlichen verwiesen: ein bis heute fortdauerndes, nicht enden wollendes *>Hin-und Her-Geschicktwerden ohne Erlösung<*.

Die ehelichen Eskapaden des 1547 verstorbenen Königs von England, Heinrichs VIII, die den Kirchenoberen in Rom heftige Bauchschmerzen bereiteten, können Karl Borromäus wegen seines noch jugendlichen Alters nur wenig beeindruckt haben.

Er, der Kardinal Borromäus, hatte mit dem hartnäckigen, ursprünglich politischen, dann religiösen Protestantismus und den daraus entstandenen Verwicklungen für Kirche und Staat ausreichend zu tun, um sich der päpstlichen Administration als Heiliger empfehlen zu können.

Wie war das Verhältnis zwischen Borromäus und der Offizialkirche?

Borromäus überlebte Papst Marcellus II, der die Nachfolge Petri nur 22 Tage ausüben durfte. Er überlebte Papst Paul IV, (verstorben 1559), der im Alter von 79 Jahren zum Papst gewählt wurde. Paul IV war ein notorischer Rechthaber mit krimineller Energie, der ebensolchen (wie er war)

- kirchliche Ämter zuschanzte,
- Befugnisse der Inquisition erweiterte,
- in einer Bulle Juden in Ghettos treiben ließ.

Die Maranen, Neuchristen, iberische Juden, die zwangsweise zum Christentum bekehrt wurden, auch verächtlich als Schweine, Wendehälse und Falschgläubige beschimpft, ließ er ohne Auftrag verbrennen.

Übrigens: Als Krönung seines Schaffens führte Papst Paul IV die Zensur durch Verbot missliebiger Schriften, den *>Index Librorum Prohibitorum<*, das Verzeichnis verbotener Bücher, verkürzt *>Römischer Index<*, ein.

Der römische Index entwickelte sich nach und nach zu einem äußerst wirksamen Werkzeug für die römische Inquisition:

- Besitz und Lesen verbotener Bücher waren für Katholiken mit Strafe und Exkommunikation belegt.

Im Jahr 1559 wurde erstmals das bis dahin vertraulich zum Abstrafen missliebiger Christen benutzte Verzeichnis veröffentlicht.

Das war kurz vor dem Tod Pauls IV. Das Papsttum hatte ein Werk geschaffen, das mit seinen Nachträgen bis ins Jahr 1962 reichte.

Im Jahr 1965, nach dem Zweiten Vatikanischen Konzil, wurde der *>Index Librorum Prohibitorum<* abgeschafft, nachdem dieses mit ca. 6000 Titeln angefüllte Machwerk niemanden mehr interessierte.

Allerdings hatte schon 1542 Papst Paul III mit einer Bulle *>Licet ab initio<*, mit der Beauftragung von sechs Kardinälen als General-Inquisitoren, für die Kirche die Kongregation päpstlichen Rechts für Abstrafung von Christenmenschen geschaffen, die *>Congregatio Romanae et universalis Inquisitionis<*.

Paul III, Alexandro Farnese, Adeliger (gestorben 1549), war ab seinem 26. Lebensjahr Papst. Er hieß die *>Congregatio Romanae et universalis Inquisitionis<* für gut und notwendig. Er und die Folgepäpste glaubten, mit dieser Waffe unerwünschte Auffassungen zu Gott und der Welt aus dem alltäglichen Leben der Gläubigen, aus Lehre, Forschung und Geschäft aussondern zu können, so auch reformatorisches Gedankengut.

Das von der päpstlichen Kirche 1559 eingeführte *>Verbot missliebiger Schriften<*, die Buchzensur, wirkte über Jahrhunderte in alle Bereiche des Lebens und quer durch die Geschichte der lesenden und schreibenden Menschheit.

Das Verbot war ein Rechtsakt der Päpste mit oft verheerenden Folgen für Einzelpersonen. Es fand viele Nachahmer unter Despoten, Diktatoren und Tyrannen. Die Folge waren demonstrative Verbote durch kirchliche und staatliche Gewalt, durch *>Zwerge der Macht<* (Kirchen- und Staatsbeamte), durch willfährige Beamte, die alles richten, kontrollieren und in falscher Loyalität zu Vorgesetzten oder zum eigenen Vorteil interpretieren wollen, die Andersdenkende rigoros ausgliedern oder aussondern mit *>Index<*, Zensur, Berufsverbot, Freiheitsberaubung, wegen öffentlicher Schriften, mündlicher Meinungen, Eingeständnissen aus Überzeugung.

Symbolisch kam es und kommt es noch immer zu willkürlichen Bücherverbrennungen wegen unerwünschter moralischer, politischer, wirtschaftlicher, religiöser Inhalte.

Namen und Fakten aus dem Index verbotener Bücher:

Verbotene Autoren und deren Werke waren u. a.
- Hugo Grotius, Vater des Völkerrechts (Mare Liberum, 1609. Grotius verurteilte die Bulle >Romanus Pontifex< von 1455, die einseitig den der Kirche willfährigen Portugiesen das Handelsmonopol und die wirtschaftliche Ausbeute für den asiatischen Raum zusprach),
- Galileo Galilei (Ein führender Kopf in den Naturwissenschaften und ein hervorragender Wissenschaftler, der mit seinem Werk über Astronomie und Astrophysik >Dialog über zwei wichtige Weltsysteme< 1632 die Weltsicht verändernde),
- Honore Balzac (Er entwickelte in seinem reichen literarischen Schaffen ein Sittengemälde seiner Zeit >La Comedie humaine<, ein Gesellschaftsbild des (katholischen) Frankreich.

Weitere Autoren auf dem Index waren Rene Descartes, Denis Didero, Alexander Dumas, Heinrich Heine, Immanuel Kant, Francois Marie Arouel Voltaire, Sebastian Merkle und Jean-Paul Sartre.

Zur Inquisition:

Aufgabe der Inquisition war anfangs in erster Linie der Kampf gegen den Protestantismus sowie die Verfolgung der Ketzer.

Es handelte sich hier um ein die Menschen in großer Zahl erfassende, perfekt durchstrukturierte Zensur-, Spitzel- und Denunziationswesen auf religiöser, kommunikativer, kommerzieller und juristischer Basis.

Dessen Folgen:
- Erhängen und Enthaupten als ehrlose Strafe,
- Töten durch das Schwert als ehrenvolle Variante,
- Hinrichtungen in unzähligen Variationen,
- Ertränken in Flüssen und Seen, um bei Zweifeln zu prüfen, ob der Straftäter, die Straftäterin wirklich schuldig sei,
- Verbrennen auf dem Scheiterhaufen,
- Sieden in heißem Wasser.

Die letztere Methode hatte man aus den Praktiken der >Christenverfolgung des Römischen Reiches< übernommen.

Bei Verbrennungen verfolgte die Kirche die vollständige körperliche Vernichtung des Bestraften, um diesem endgültig den Zugang ins Reich Gottes zu verwehren.

Groß-Inquisitoren / Inquisitoren hatten die Lizenz zum Töten, zum Massenmord. Von diesem Recht, zu töten, machten sie reichlich Gebrauch, mit dem Ziel, Macht, Einfluss, Eigentum, Reichtum zu optimieren und im

wahrsten Sinn des Wortes die >*Unmündigkeit der Gläubigen zu stabilisieren*<.

Einer der gefürchtetsten Großinquisitoren war der in
Spanien wirkende Tomas de Torquemada (1420 bis
1498], Beichtvater von Isabella von Kastilien (verstorben
1504), Leon und Aragon, genannt >*Isabella die Katholische*<, Gattin des Ferdinands II.

Ferdinand der Katholische (verstorben 1516), König von
Aragon, Sizilien, Sardinien, Kastilien, Leon und Neapel,
und Isabella gingen mit besonderer Härte gegen andersdenkende und in Ungnade gefallene oder verleumdete
Männer und Frauen vor.

Am Höhepunkt ihrer Allmacht beherrschte die römisch-
katholische Kirche
- Wissen,
- Bildung,
- Können,
- Vertrauen
- unzähliger Menschen bis in die entlegensten
Winkel der damals offiziellen Welt,
- aber auch die >*Wirtschaftskreisläufe*<,
- das *Finanzwesen und Finanzgebaren*
- und den *Handel* bis in den fernen Orient.

Liebe Emma de Zacatecas, gute Freundin! Meine Gattin
schwebt mit dir auf einer Wolke. Wie du macht sie sich
dauernd Gedanken, wie man >*altes Denken und Tun*<

mit neuem Denken und Handeln verquirlen könnte, um daraus ein Konzept für die Zukunft der Menschheit zu entwickeln. Sie meint, die lose Bindung der Menschen zueinander und zu den Dingen schmälere die Fähigkeit zur Vernunft und suche die Entfaltung einseitig in den Naturwissenschaften.

Der Mensch unserer Zeit, insbesondere der Mensch westlicher Demokratien, neige zu einer krankhaften Verwaltungssucht, im Nacken hart und in starrer Bewegungslosigkeit zwischen Geist und Körper. Außerdem fehle es heutzutage an Harmonie und Zivilcourage.

25. Positiven Entwicklungen sind derzeit nur in China erkennbar

Altes Denken und altes Tun? Beides hält sich lange, trotz Verfalldatums.

Die europäische Kultur verlagerte sich nach Jahrhunderten zuerst in die USA. Danach suchte sie und sucht sie noch den Weg nach Indien und China.

Die Überwindung alten Denkens und alten Tuns ist nur in Schritten erkennbar:
- In >Optimierung von Lebensbedingungen< durch neue Lebensbedingungen,
- In der Verfeinerung - Differenzierung – des gesellschaftlichen, politischen, sozialen und kulturellen Lebens,

- In der Erhöhung der Effizienz des Handelns unter Berücksichtigung der *>eingesetzten Mittel<* und Dienstleistungen.

Diese positiven Entwicklungen sind derzeit nur in China erkennbar.

Wer sozialutopische Ideen aus seinem Leben oder der Gesellschaft als Ganzem ausschließt, beraubt sich und andere der Zukunft.

Altes Denken ist häufig von institutioneller Routine, starren gesellschaftlichen Gewohnheiten und Befindlichkeiten sowie von fundamentalistischem Gedankengut geprägt.

26. Die Zukunft neu erfinden

Obwohl meine Gattin von ihrer Abstammung her wie ich eine unstete Person ist, kann sie sich von ihrem Heimatort nur schwer trennen. Trotz beschwerlicher Verhältnisse dort.

Sie ist eine von derzeit in China lebenden ca. 19 Millionen chinesischen Christen. Sie und ich lernten uns in der südchinesischen Provinz Yunnan, nahe der Hauptstadt Dali kennen.

Manchmal ging meine Gattin zu den *>Drei Pagogen<* des Chongsheng-Tempels, in die wenige km entfernte Großstadt, um in den unterirdischen Mauerresten des einst mächtigen Tempels zu nächtigen und zu meditieren. Dort begegneten wir uns erstmals. Es war Liebe auf den ersten Blick.

Meine Gattin meint zur Weltlage:
- Man müsse die Zukunft neu erfinden - was immer das auch bedeuten mag.
- Man müsse mehr Risiken eingehen.
- Man müsse Lebensstile infrage stellen.
- Man müsse zu originärem Gemeinschaftsleben zurückfinden.
- Man müsse Verantwortlichkeiten neu regeln.

Damit trifft sie die Seele der Chinesen.

Zur westlichen Welt meint sie:
- Zu allererst müsse man aus der Logik der Maßlosigkeit aussteigen. Das Wertesystem und das Finanz- und Wirtschaftssystem müssen infrage gestellt werden.

- Insbesondere müsse man die Schwachstellen in gesellschaftlichen und allgemein menschlichen Lebensbedingungen finden, um die Lebensfähigkeit von Demokratien zu sichern und zu erweitern.

Das Etikett Demokratie sei für die westlichen Staaten kein Freibrief
- um natürliche Ressourcen zu verschleudern,

- Maßlosigkeit in allen Lebensbereichen mit Business-Strategien anzuheizen,
- den Konsum ins Unermessliche zu steigern,
- zügelloses Wirtschaftswachstum zu predigen,
- Schwachstellen im System (Soziales, Finanzen, Wirtschaft) zu Lasten der Armen auszunutzen,
- Armut, Perspektivlosigkeit, Arbeitslosigkeit zu vertuschen oder zu akzeptieren,
- den durch Wohlstand und Überfluss produzierten Müll, sowohl den geistigen als auch den materiellen, in arme Länder wie Ghana, Äthiopien und Indien skrupellos auszugliedern,
- die giftigen Hinterlassenschaften aus dem Abbau von seltenen Erden, von Uran, Edelsteinen, Gold sowie die ökologischen Folgen der Öl- und Gasgewinnung hilflosen Völkern zu überlassen.

2044

Jahr der Ratte

27. Krisen sind Herausforderungen für die Zukunft: Lügt, Freunde, lügt!

Die Zukunft neu erfinden? *>Lügt Freunde, lügt<!*

Auch Wahrheiten kann man erfinden, sagt Francois-Marie Arouet Voltaire. Spinner erfinden und verändern die Welt. Kreativität schafft immer ein Stück Zukunft.

Menschen, die durch schöpferische Leistungen neue Lösungen für körperliche, seelische, soziale, materielle, technische Aufgaben erkennen und den Willen haben, diese Aufgaben zu lösen, und dabei erfolgreich sind, erfinden für die Zukunft und erfinden Zukunft.

- Kleisthenes, ein politischer Reformer in Griechenland, erfand neue Formen des Zusammenlebens, die *>Demokratie<*.

- Aristoteles gilt als *>Vater der Psychologie<*.

- Karl Benz erfand den *>Benzinmotor<*. Waren sie alle Spinner?

Krisen sind Herausforderungen für die Zukunft. Vergangenheit ablegen und Zukunft erfinden hat auch mit Mythologie zu tun. In der Mythologie der nordamerikanischen Ureinwohner ist *>Aataensic<*, die Tochter des großen Geistes, der alles richtet und den ersten Menschen aus Erde und Wasser formte, der Inbegriff der

Zukunft schaffenden und erfindenden Göttin. In der indischen Mythologie ist es >Bhawani<, die Mutter aller Dinge.

Brighid, die große Göttin Irlands, aus der die katholische Kirche eine mittelalterliche Heilige machte, wirkte als archetypische Gestalt, um eine Zukunft für ehrenwerte Berufe zu erfinden.

- Veränderung ist allerdings das Letzte, was Menschen sich erhoffen und brauchen.

Wenn die Gewohnheiten den Lebensnerv eines Menschen ausmachen, wenn drohende Veränderungen als Albtraum, als Traum voller Ängste und Emotionen erfahren werden, ist eine eigen geschaffene Zukunft nur eingeschränkt oder gar nicht möglich.

Die stärkste Kraft für Veränderungen in unserer Zeit scheinen die Naturwissenschaften zu sein. Zugleich ist jedoch die Zerstörung und Selbstzerstörung menschlicher Lebensbedingungen das Ergebnis des naturwissenschaftlichen Zeitalters.

28. Mein Aufenthalt in Venedig. Dumme Menschen erkennen den Wert anderer Menschen nicht

Heute besuchte ich die Professorin Agape di Venezia, meine Lehrerin für >Kritisches Denken<. Wie ich fest-

stellen musste, bewohnt sie ein ehemaliges Gerätehaus im Stadtteil Dorsoduro.

Meine hoch geschätzte Professoren Agape im Wirrwarr von Gassen und Kanälen zu finden, war mit einigen Schwierigkeiten verbunden.

Ich muss unbedingt selbst hinfinden, sagte ich mir immer wieder.

Um die Adresse von Agape zu erfahren, hätte ich unsere Verwandten, die zahlreichen, schreckhaft im Kreis laufenden, vor Kälte schlotternden chinesischen Landsleute auf Burano fragen können.

Chinesen sind überall in Venedig. Zunächst haben sie kleine Läden aufgekauft und daraus Souvenirshops für Murano-Glas und Lederwaren gemacht. Danach haben sie Bars und Restaurants gekauft, und hernach standen in Hotels umfunktionierte Palazzi auf den Einkaufslisten meiner Landsleute.

Die ganze Infrastruktur ist in Venedig nunmehr auf den Tourismus ausgerichtet, und an der Verwandlung Venedigs in einen gigantischen Vergnügungspark finden vorab Chinesen großen Gefallen.

Sie investieren in großem Stil und ohne Vorbehalte. Beispiel: Die Murano-Glasproduktion. Auf der für ihr Glas berühmten Insel Murano liegt ein Großteil der

Fabriken still. Die grosse Nachfrage nach Schmuck, Trinkgläsern oder Lampen aus Murano-Glas wird mit billigen Fälschungen aus China befriedigt.

Und so wird Venedig, die Touristenstadt, immer mehr von chinesischen Immigranten betrieben, die ihre Billigware an eine kaufkräftige, konsumwillige Kundschaft verkaufen.

Dumme Menschen (Das ist nicht abwertend gemeint!) erkennen den Wert anderer Menschen nicht. Sie benötigen deshalb unseren Schutz.

Wegen der Anpassung zur Billigwarenproduktion und anderen Fähigkeiten der Anpassung hält man uns Chinesen oft für dumm.

Dem ist nicht so. Wir Chinesen sind in der Beherrschung der *>Megalogistik zu Wasser, auf dem Land und in der Luft<* überragend stark und präsent.

Unsere Märkte zeichnen sich durch gediegenes Wachstum, Logistik in XXL-Format und Beharren auf dem unbeirrbaren Weg *>Immer geradeaus zu Einfluss und wirtschaftlicher Macht<* aus.

Meine immigrierten Verwandten in Venedig gelten als recht unzuverlässig, was Auskünfte betrifft. Es war einfach nur Zufall, der mich in das direkt in ein vom Verfall bedrohtes Gerätehaus an einer privaten vollbiologischen

Kleinkläranlage führte (eingehüllt in Schleier dichten Nebels, hervorgerufen durch Niederschlagswasser aus öffentlichem Regen, das sich mit warmem, privatem Brauchwasser von menschlich bewohnten Gebäuden mengte).

Wir Chinesen benötigen keine Wohnburgen, welche die US-Amerikaner Hochhäuser nennen. 1967 hielt ich mich einmal in der sogenannten Deutschen Demokratischen Republik auf, einem Teil Deutschlands.

Rückblickend auf die DDR war menschliches Wohnen untrennbar mit gesellschaftspolitischen sowie kulturellen Sichtweisen und Sachverhalten verbunden.

Wohnen vor der so genannten Wende (1989) war >bleiben hinter undurchlässigen Mauern<, hinter Stacheldraht und Selbstschussanlagen, >bleiben ohne Freizügigkeit<.

Menschliches Wohnen bedarf eines gesamtgesellschaftlichen Konzepts, das die Realisierung eines nachhaltigen Systems >Wohnen in Freiheit< zum Ziel hat.

Wohnen dient der Erhaltung natürlicher Lebensgrundlagen und ist somit unabdingbare Voraussetzung für dauerhaftes wirtschaftliches Wachstum und zugleich Basis für Wohlergehen.

Für die Zukunft wird es notwendig sein, für das Wohnen der Menschen die >natürlichen Ressourcen< zu nutzen, wie zum Beispiel erneuerbare Energien, Wasserkraft, Wind, Sonne, so dass auch nachfolgende Generationen von Menschen eine gesicherte Zukunft haben werden.

29. Zweite Heimat Venedig

Venedig entwickelte sich in einer Zeit, in welcher der Neubau von Kirchen und die aufwendige Lebensführung des Klerus in Italien dem Volk große finanzielle Mittel abverlangten.

Es gab in Italien wegen der knappen und in falsche Hände geratenen Ressourcen Streitigkeiten unter Adeligen und dem Klerus. Die Auswirkungen hatten die einfachen Leute, Bedienstete und Arbeiter zu tragen.

Um die Not des niederen Volkes zu lindern und das triste Leben in Handwerkerhöfen, Mooren, Steinbrüchen und der Landwirtschaft etwas zu erhellen, vor allem jedoch, um keine Unruhen aufkommen zu lassen, leistete der Adel und die Kirchen das Gewissen beruhigende, jedoch keinesfalls ausreichende >Hilfen für die Armen<, wirtschaftliche und solche im Glauben an eine bessere Zukunft.

Die päpstliche Offizialkirche war in ihrer Geschichte nie >Kirche der Armen<, oder nur für eine kurze Zeit und in einem kleinen Wirkungsbereich.

30. Wir Chinesen sind die eigentlich Humanen

Worüber viele Menschen sich keine Gedanken machen, ist die unmenschliche Behandlung von >widerspenstigen Armen< und politisch und religiös Verfolgten, die es zu allen Zeiten gab und immer noch gibt.

Widerspenstige Arme, politisch und religiös Verfolgte verlieren die Freiheit, ihre Familien und Freunde. Sie erfahren unsägliches Leid und Willkür.

Manche Menschen sagen in grenzenloser Ignoranz zu diesen Vorgängen:

- *>Aber sie hätten sich doch nur still verhalten und unauffällig sein müssen, damit sie nicht ins Fadenkreuz der Mächtigen und/oder die Fänge der Zwerge der Macht geraten<.*

Betrachtet man das Leid dieser Welt, dann muss einem eigentlich bewusst werden, welche Maschinerie die Menschen in Gang setzen können und in der Vergangenheit in Gang gesetzt haben.

Wir Chinesen sind die eigentlich Humanen.

Man könnte zu dem Schluss kommen, *>Die politischen Systeme des Westens sind in ihren politischen Grundsätzen allesamt lieblos<.*

>Chinesen sprechen aus dem Herzen<, sagte der Schriftsteller Zhang Dai (1597-1689).

Die Menschen sind weit davon entfernt, *>human<* zu sein, und wenn doch *>human<,* dann sind sie es ohne Möglichkeit einer Verbreitung von Humanität, weil um sie herum vieles *>inhuman<* ist.

Menschen der westlichen Hemisphäre benutzten lange als Beweislastumkehr für fehlende Humanität im Menschenbild ausgerechnet die Chinesen synonym für Inhumanität:

Chinesen mussten herhalten
- für unerwünschte säkulare, gesellschaftliche Entwicklungen,
- für geistige Hinwendung zum Atheismus,
- für Diffamierung der weltanschaulichen und/ oder politischen Gegner,
- für Intoleranz gegen Andersdenkende,
- als Negativbezeichnung für Oppositionelle, Aufständische, Unterdrückte, anders geartete Menschen.

31. Schimpfwort Ratte

Die Menschen waren in der Vergangenheit viele Jahre geradezu versessen darauf, Chinesen in die vermeintlich unterste Schublade der Wertigkeit abzuschieben.

Um vor der nichtchristlichen Welt zu warnen, benutzte man oft die Bezeichnung >Ratte< für Menschen ohne oder anderen Glaubens als des christlichen.

Man benutzte es als kollektives Schimpfwort. So auch benutzten es christliche Missionare in China, wie uns der Historiker Dashu berichtet.

Zum Schimpfwort >Ratte<:

Was hingegen im Westen an Inhumanität zum Himmel schrie, fand kaum Beachtung in der westlichen Kultur.

- Der durch Putsch mit US-amerikanischen Truppen in der Dominikanischen Republik an die Macht gekommene Diktator Rafael Leonidas Trujillo Molina, gestorben 1961, der enge und gute Beziehungen zu den USA und zur katholischen Kirche unterhielt, sich selbst Vater des neuen Vaterlandes nannte, soll die ca. 27.000 Zuckerrohrarbeiter aus Haiti, die er allesamt ermorden ließ, als >Ratten< bezeichnet haben.

- Führer Adolf Hitler, verstorben 1945, Diktator im faschistischen Deutschland, soll Juden (1939) eine >Rotte von Ratten< genannt haben und >Feige, betrügerische Ratten<.

- Josef Stalin, verstorben 1953, nannte Historiker, die zur Vergangenheit, zu Rassenwahn, Massenverfolgung und Terror in der UDSSR forschten, >Archiv-Ratten<.

- Spaniens Francisco Franco, gestorben 1975, spanischer General, Diktator und Haupt-Initiator des Klerikal-Faschismus in Spanien, loyaler Freund und Verbündeter der USA, nannte seine Feinde, u. a. Basken und Linke, >Ratten<.

- Muammar Abu Minyar Al-Gaddafi, gestorben 2011, Diktator in Libyen und Förderer des Terrorismus, drohte seinem Volk: >Fangt die Ratten; Kampf bis zum Ende gegen die Ratten<.

Obwohl sich in der Menschheitsgeschichte erwiesen hat, dass die >Erzeugung von Schuldgefühlen< die Menschen keinesfalls bessert, schüren menschliche Institutionen immer neue Ängste und Schuldgefühle.

Sie erzwingen pervertierte Sichtweisen zu Lebensart, ethischen, moralischen, rechtlichen und politischen Werten und Möglichkeiten für die irdische und außerirdische Welt, auch wenn deren Existenz nicht beweisbar ist.

32. Der Lebensstil vieler Menschen ist gedachter Unsinn und gelebter Irrsinn.

Die Hoffnung des Menschen: Was auf Erden nicht beweisbar ist, könnte im Himmel möglich sein.

Wir Chinesen lassen uns nicht stören von diesen Hoffnungen der Menschen auf das Außerirdische. Von Hoffen ist nichts zu hoffen.

Ein Freund, Charles de la Chapelle, ist Diplomat. Er wird
von seiner Zunft in Anlehnung an die Praxis der Selig-
sprechungsrituale der päpstlichen Administration rührselig auch >Der Glückselige< geheißen.

Er schreibt, dass man sich auf die Bediensteten im Vatikan nicht verlassen könne. Er kennt wohl diese Art
freundlichen Entgegenkommens von Geistlichen Wür-
denträgern aus seinen Aufenthalten als akkreditierter
Diplomat.

Wenn er hohe Geistliche, von denen es viele im Vati-
kanstaat gibt, nach dem rechten Weg fragte, landete er
bei >Immer geradeaus zu Gott< Sempre andare diret-
tamente a Dio, nur nicht dort, wo er eigentlich hin
wollte. Diese Gefälligkeitsauskünfte für Wegweisung,
auch >Vatikanische Liebe< oder >Wohlwollende Wahr-
heit< genannt, blieben ihm, so sagt er, als aufrichtiges
Bemühen und verzeihliches Ärgernis im Gedächtnis
haften. Es ist Aufgabe der Kirchen, um jeden Preis und
allumfassend richtungsweisend zu sein.

33. Bevormundung

Wirtschaftliche, religiöse und politische Eliten, Militär-
Eliten in Diktaturen und Kleptokratien, führen mitunter

äußerlich ein bescheiden erscheinendes, innen aufwendiges, luxuriöses Leben.

Wir Chinesen, die wir über Jahrhunderte
- vom Ausgeliefertsein der Arbeiter, Bauern und Handwerker an Knechte-Haltern wissen,
- von der Bevormundung in Sexualität und Enthaltsamkeit wissen,
- von der Verbreitung sozialfeindlicher Theorien und Praktiken durch den Staat wissen,
- von den paradoxen Vorschriften zu Ernährungsverhalten für die arme Bevölkerung wissen,

können das Erscheinungsbild der Reichen und der Wohlhabenden, der tyrannischen, mit Protz und Glimmer sich repräsentierenden Despoten und Diktatoren nicht nachvollziehen.

Wie finanziert und gestaltet der Mensch seine aufwendige Existenz?
- Mit Leben auf Kosten anderer,
- mit Spielleidenschaft und Glücksspielfolgen,
- mit Leben auf Pump,
- mit Leben aus Kriegsbeute,
- mit leichtsinnigem Leben auf begrenzte Dauer,
- mit legalen und illegalen Geschäften,
- mit Manipulationen jedweder Art,
- mit Lohnarbeit.

34. Wer ist ein tatsächlicher Mensch?

Ist ein tatsächlicher Mensch nur im Himmel möglich? Was man auf Erden nicht erreichen könne, sei im Himmel möglich? Ein tatsächlicher Mensch sei möglich?

Der tatsächliche Mensch, der Vollendete, habe ewiges Leben, sei frei von Not, müsse keinen Überlebensunterhalt mehr verdienen?

Der Mensch auf Erden erhofft sich so das >*Überraschende*<, das nur im Himmel >*Mögliche*<.

Glaubt der Mensch wirklich an ein ewiges Leben im Himmel und ein kurzes auf Erden? Oder tröstet er sich mit dem Himmel, weil sein irdisches Leben absehbar und kurz ist?

Da müsse doch noch was nachkommen! Das kann doch nicht alles gewesen sein!

Den Himmel erhoffen ist: >*Erlauben, dass das Endgültige geschehe*<?

Ist der für den Himmel gemachte Mensch auf Erden ein Irrer, ein Entrückter, dem man vor Eintritt in den Himmel das Irresein gewährt, duldet?

Der Mensch im Himmel ist der >*Tag und Nacht und immer Überglückliche*<, der ohne Wenn und Aber >*Dauerbefriedigte*<?

35. Vieles ist, das nicht die Wahrheit ist.

In Ermangelung schmeichlerischer Redekunst berichte ich von meiner Suche nach meiner hoch verehrten Professorin Agape di Venezia, und nach ihrem Sohn, Anselm-Remo di Nicolotti. Ich berichte mit pflichtgemäß einleitenden Worten über das Tun, was nicht verwundern soll, wenn man bedenkt, dass ohne Tun, das allem Erkennen Bestand gibt, wir keine Erkenntnis finden können.

Ich erinnere an Anselm von Besate, bekannt als Streuner und berufsmäßiger Rhetoriker, der um 1020 geboren wurde.

Er ist der Verfasser des literarischen Werkes >*Rednerkampf*<, eines Werkes zu >*Seelenkampf des Prudentius*<, des 348 geborenen Dichters und Asketen.

Prudentius' >*Seelenkampf*< ist ein allegorisches Gedicht über Tugenden und Laster. Im Werk >*Rednerkampf*< setzt sich Anselm von Besate mit seinem Verwandten Rotiland auseinander und mit vielem, was die Wahrheit, und vielem, das nicht die Wahrheit ist.

Anselm verwahrt sich u. a. gegen die Unterstellung, der gesamte Klerus von Mailand sei sexuell pervers und er, Anselm, habe Abtreibungen veranlasst und vorgenommen, und er lasse sich von Zuhältern Frauen zuführen, mit denen er sich vergnüge.

Kommerziell betriebene sexuelle Ausbeutung von Frauen und Kindern gehörte zur Lebensgestaltung und zur begehrten Dienstleistung jener Zeit.

Es gibt Berichte, die ausführlich schildern, dass Prostituierte mit ihren Diensten wesentlich zur Lebensbewältigung hochgestellter Persönlichkeiten beitrugen.

Frauen dienten willig oder unter Zwang an den Höfen, an denen sie viele Befürworter und wenig Zweifler am Nutzen der Prostitution hatten.

Prostituierte boten nicht nur in Palästen, sondern auch in labyrinthischen Gärten, in weitläufigen Parkanlagen und in sakralen Gebäuden ihre Dienste an. Die meisten Prostituierten konnten weder lesen noch schreiben. Deshalb waren sie den Standespersonen, Betuchten, Gebildeten, Einflussreichen leichte Beute.

Wer von den einfachen Leuten konnte lesen und schreiben, wenn das Bildungsmonopol doch in den Händen der Kirche und weniger Privilegierter lag?

Man verstehe mich recht: Ich will niemandem Moralisches oder Unmoralisches anlasten. Die Geschichte der Menschheit begann mit der Triebhaftigkeit und Umtriebigkeit der Menschen und mit deren Erfolg, sich fortzupflanzen.

Der Mensch will befriedigt werden, sei es, wie es will! Und den Menschen, den er liebt, den möchte er befriedigen.

Die Verfeinerung der menschlichen Sexualität entwickelte sich über Jahrtausende und erfuhr mit der Entdeckung des *Eros* neue Akzente - und sie wird sich weiter entwickeln.

>Die Hure, sie spinne Wolle, stricke Ohrwärmer und Socken, nähe Kleider und gehe tagsüber spazieren. Wenn es Nacht ist, gehe sie zu ihren Pflichten und auf ihren Verdienst! Der Mann entehrt, was er begehrt<?

36. Im Licht des Fleißes

Erinnern will ich auch an Abu L-Qasem Ferdowsi, der im Jahr 940 geboren wurde. Es ist die Rede vom iranischen Epiker und Verfasser des Buches der Könige *>Schahhama Shahnameh<*, des ca. sechzigtausend Verse umfassenden Nationalepos' für das iranische Volk, des weltgrößten Epos', welches erzählt
- von der Erschaffung der Welt,
- von der Entstehung der Zivilisation,

- von dem Nutzen des Feuers,
- von der Entwicklung der Kochkunst,
- von der Entwicklung der Schmiedekunst,
- von einem systematisch auf die Lebensverhältnisse des Menschen ausgerichteten Sicherungs-
  sowie Rechtssystems,
- von der Stiftung traditioneller Festtage.

Ferdowsi spannte einen geistigen Bogen von der *>zoro-
astrischen Eingott-Religion<* zur iranischen Mythologie
und zum *>monotheistischen Christentum<*.

Er stellte sich die Frage:

Sind Religionen aus der Not der Menschen entstanden?
Um 1800 vor neuer Zeitrechnung brachte Zarathustra
eine Religion unter die in schwarzen, weißen, braunen
Wüsten, in Stein- und Sandwüsten lebenden Menschen,
die vor allem die

- Gewährung von Asyl,
- den Schutz vor Verfolgung und Raub,
- die Sicherung diverser humanitärer Hilfen

in den Mittelpunkt ihres Wirkens stellte.

Um dieser faszinierenden *>Religio<* eine Ordnung zu
geben, beriefen sich ihre Anhänger auf eine übergeord-
nete Instanz, auf Ahura Mazda, den Herrn der Weisheit,
den Schöpfergott, der alles Geistige und Materielle (Um
das ging es ja schließlich!) erschaffen hat.

Die Bronzetechnologie, die in dieser Zeit in Vorderasien einen revolutionären Anfang nahm, brachte den Begriff >Reichtum< ins Spiel der Mächtigen. Mit der Erfindung und dem Nutzung eines neuen Werkstoffes aus Kupfer und Zinn waren neue religiöse, wirtschaftliche und soziale Verhältnisse für die Zukunft unvermeidlich.

Man unterschied künftig begrifflich zwischen >Wahrhaftigkeit< als Gegenbegriff zu >Lüge<, zwischen >Wohlhabenheit< und >Armut< der Menschen. Die Zeit des Fortschritts brachte auch die Begriffe >Wohlstand< und >Wachstum<.

Die Bronzezeit bewirkte einen Hang zur Wahrheitsliebe, eine Revolte des Finanzsystems, des Zahlungsverkehrs, des Tauschhandels und Tauschverkehrs. Tauschwert und Einsatz von Mitteln trennten Reiche und Arme. Armut bewirkte bei den Menschen, die arm waren, Schuldgefühle.

Eine Trost spendende und kompensatorisch wirkende Religion musste erfunden werden.

- In diese Zeit fällt die Entstehung der Menschenrechte.

Abu L-Qasem Ferdowsis Opus greift auf Erkenntnisse, Erfahrungen und die Berichte der zoroastrischen Priester aus der Zeit bis 1800 vor neuer Zeitrechnung sowie auf Inhalte der im Osten des Irans, in der Wüste entwikkelten monotheistischen Religionen zurück, die übrigens auch heute noch im Iran von Menschen gelebt werden.

Nach Zarathustra, dem Wohlwollenden und Weisen, ist diese *>Ein-Gott-Religion>* benannt.

Zoroastrische Religion und Spuren der iranischen Mythologie leben noch und werden weiterleben, nicht nur im Iran, auch in Afghanistan, Indien, Tadschikistan, Mesopotamien, Kurdistan und Belutschistan.

Mit revolutionärer Erkenntnis
- im Licht des Fleißes,
- in guter Gesinnung,
- in Wahrheitssuche

und einer *Weiterentwicklung von religiösen Inhalten*, führte Zarathustra sein Volk aus sozialen Verwicklungen (Unbeherrschtheit, Handeln entgegen besseren Wissens), aus materieller Not und in eine hoffnungsvollere Zukunft.

Im Gegensatz zu anderen monotheistischen Religionsschöpfern hat Zarathustra nicht davon gesprochen, er habe einen direkten Zugang zum Schöpfergott bzw. eine Beauftragung als *>Assistent des Allmächtigen<*.

Als Quelle seiner Erkenntnisse und des rechten Tuns nannte er seine Denkfähigkeit und Wahrheitsliebe.

Jahre nach dem Tod von Zarathustra beeindruckte diese Ehrlichkeit des Religionsgründers nachhaltig den Epiker Abu L-Qasem Ferdowsi.

Ferdowsis Epos konserviert kein Gedanken-Konstrukt zur >Rechtfertigung einer Religion< durch Letztbegründungen in einem Allmächtigen Gott und kein fundamentalistisches Gedankengut.

Das Epos gipfelt mit den Sätzen:
- Die Menschen kommen und gehen.
- Das Einzige, das bleibt, sind die Sonnenuntergänge und Sonnenaufgänge, von denen keiner dem anderen gleicht.

37. Nur die Motive der Menschen können böse sein

Erinnern will ich auch an den Beginn des Bürgerkrieges in Jugoslawien vor ca. 15 Jahren, an die Ereignisse in Slowenien, Kroatien und Bosnien-Herzogowina, an die Massaker, Vertreibungen und Tötungshandlungen in großem, industriellem Stil - wegen Hasses und Besitzstrebens.

- Nur die Motive der Menschen können böse sein. Das Böse ist personifiziert im Menschen.

Der Erzengel Michael soll Satan besiegt und ihn samt seiner Engel in die Hölle verwiesen haben. Wo befindet sich der Straf-Ort für die Bösen, wo ist der Teufel beheimatet?

Es ist abwegig und wenig hilfreich für den Menschen, alles einem Satan unterzuschieben und mit Verdammnis zu drohen. Den bösen Satan gibt es nicht, nur den bösen Menschen.

Wir Chinesen benötigen weder Himmel noch Hölle, weder Standards zu Gut und Böse noch Rückhalt in Satanskult, Hexenwahn und in Vergeltungsritualen.

Uns Chinesen ist es egal, wer die geistige und materielle Welt erschaffen hat. Uns Chinesen ist es im Grunde völlig gleichgültig, ob es einen strafenden Gott gibt oder nicht.

Wenn es sich erweisen sollte, dass meine geschätzte Agape di Venezia hier im Bereich Margaretenplatz, im lebhaftesten Stadtteil von Venedig, im Dorsoduro, sich auf Dauer eingerichtet hat, dann ist das vornehm und eine Folge von hervorragendem Organisationstalent.

Ein Zuhause in unmittelbarer Nähe zum Wochenmarkt, mit Zugang zu vielen lokalen Attraktionen, keine 500 Meter entfernt von Restaurants und Lounges mit gehobener italienischer Küche. Ein Deluxe-Quartier, fernab von fäkalhaltigem Schmutzwasser, von Binden, Kaffeesatz, Katzenstreu, Kleintiersand, Ohrstäbchen, Reini-

gungs- und Putzmitteln, Strümpfen, Slip-Einlagen, Tam-
pons, Textilien und Wegwerfwindeln.

38. Es werde Licht

>Licht ist des Fleißes schönste Braut<. Der erste Schaf-
fenserfolg soll gewesen sein: >Es werde Licht<

Doch der Mensch entdeckt im Licht nicht nur Gutes: Er
bringt *etwas* mit Fleiß ans Licht der Öffentlichkeit. Er
macht das heimlich Erarbeitete jedermann zugänglich, er
deckt das Verborgene, Schreckliche, Verwehrte auf.

Ist die Welt >*erschaffen*<? Der Mensch muss vom Schaffen leben. Vielleicht deshalb kann er es sich nicht vor-
stellen, dass die Welt nicht >*erschaffen*< ist.

Ich weiß: Das klingt paradox. Der Mensch kennt nur
Geschöpfe, also >*Geschaffenes*<. Doch woraus *schöpfen,*
wenn nichts da ist? Die Welt ist aus dem Nichts? Auch
>*Geschäft*< kommt von >*Schaffen*<. Wessen *Geschäft*
war die Erschaffung der Welt, falls sie erschaffen ist.

Wessen >*Geschäft*< ist die Welt? Im Licht der Erkenntnis:
Ist Religion >*Geschaffenes*<? Wenn ja, scheint sie ein
Höchstmaß an Beständigkeit und Dauer für menschliche
Werte und Möglichkeiten zu bieten.

Weshalb ist Religion so gefragt? Hat sie befriedigende
und ermutigende Wirkung? Ist Religion ein kultürlich

geschaffenes Produkt? Ist sie kompensatorisch wirkende Lebenskunst - also Kunst?

39. Brauchen wir Wahrheiten?

Elend der Mittelmäßigkeit, In Ermangelung schmeichlerischer Redekunst erzähle ich von meiner Suche nach Professorin Agape di Venezia, und nach Ihrem Sohn, Anselm-Remo di Nicolotti.

Außerdem berichte ich mit pflichtgemäß einleitenden Worten über Rabanus den Deutschen, und von dessen Tun, was nicht verwundern soll, wenn man bedenkt, dass ohne Tun, das allem Erkennen Bestand gibt, wir keine Erkenntnis finden können.

Meine Gattin ließ ausrichten, heute sei der Tag des Erinnerns an den um 780 geborenen heiligen Rabanus Maurus, Abt des Klosters Fulda, Erzbischof von Mainz.

Er war >Erster Lehrer Germaniens< und leidenschaftlicher Sammler und Vermittler des philosophischen, theologischen und naturwissenschaftlichen Wissens in der Zeit des Umbruchs, im 9. Jahrhundert.

Rabanus Maurus soll sich dessen bewusst gewesen sein, dass Lehre und Überlieferung von Wissen in den verschiedenen Disziplinen von einem gleichzeitigen Nebeneinander des mündlichen Überlieferungsservices und von in Schriften festgehaltenen, nachgelassenen Texten geprägt sind - und dass das immer so bleiben wird.

Deshalb, so habe er gesagt, seien Quellen der Erkenntnis und des Wissens, was die Wahrheitsfindung beträfe, immer unzuverlässig.

Meine Gattin kommentierte dazu: >Brauchen wir überhaupt Wahrheiten<?

Bei Behandlung von Wahrheiten beziehen wir uns auf uns Menschen. Doch sind menschliche Erkenntnisse wie menschliches Erinnerungsvermögen in höchstem Maße unzuverlässig.

Die Belebung und Wiederbelebung von Erkenntnis bewirkt >Aha-Erlebnisse< und Wiederholungs- und Vergleichserlebnisse, steht aber historisch gesehen in einem >gewesenen gesellschaftlichen Kontext<.

Wenn uns eine Erinnerung überfällt oder eine Erinnerung heraufbeschworen wird, dann setzen wir neue Maßstäbe für das, was einmal war.

Maßstäbe für Erkenntnisse von heute sind für Zustände von damals wenig nützlich und verfälschen die Wahrnehmung. Manches wichtige Ereignis erscheint uns im Nachhinein undurchsichtig und vage, weil sich Lebensverhältnisse verändert haben. >Erinnern< verschönt das Leben und ist ein nostalgischer Vorgang.

Schnell ist vergessen, was einst eine Last war, außer es wird wieder zur Last.

Erinnern will ich auch an den Journalisten Hrant Dink, Armenier, geboren in Malatya (Türkei), der am 19. Januar 2007 in Istanbul ermordet wurde. Er war türkischer Staatsbürger und einer der Herausgeber der in Istanbul erschienenen Wochenzeitung Agos. Dink wurde auf offener Straße erschossen. Ist er das letzte Opfer des Völkermordes an den Armeniern?

Welche sind die Mitglieder aggressiver, mordender menschlicher Gruppierungen? Sind diese Terroristen oder Freiheitskämpfer? Sind ihre Taten terroristische Akte oder Militäroperationen? Sind die Handelnden Feiglinge oder Helden?

Je nach Standpunkt, Herrschaftsbereich und Zugehörigkeit der Menschen zu Interessengruppen, sind diese Fragen heikel.

Die nächste Frage müsste sein: Wie können Menschen trotz umkämpfter Interessen und Orte dauerhaft Frieden schaffen und womit?

Dazu fünf Überlegungen:
- Ist Friede mit Einsatz von Waffen möglich?
- Ist Friede mit zeitlich bemessenen Kriegshandlungen möglich?

- Ist Friede mit Geld, dem Mittel für den goldenen Weg, möglich?
- Ist Friede mittels Führen von Verhandlungen zwischen konkurrierenden oder rivalisierenden Einzelpersonen, Gruppen, Religionsgemeinschaften, Völkern und Nationen möglich?
- Ist Friede mittels Einsatz von Angst, Schamgefühl, Schuldgefühl, Trauer und Wut möglich?

Für uns Chinesen, die wir beim Getöse von Waffen uns gerne in die untersten Löcher der Erde verkriechen, ist ein Krieg nur schwer nachvollziehbar. Die geballte Ladung von Zerstörung, Leid und Tod ist deprimierend für uns, die wir uns ein ganzes Leben lang daran gewöhnen müssen, anderen Menschen aus dem Weg zu gehen.

40. Rituale machen einen wesentlichen Teil unseres Lebens aus

Eine der Triebfedern des Menschen ist Menschenverachtung.

Ist der Mensch zeitlebens in >Vergeltungsrituale< verstrickt? Rituale machen einen wesentlichen Teil seines Lebens aus. Vergeltungsritualen stehen freundlichen Ritualen entgegen.

Die Sprache der Lyrik, Poesie, Musik, die der Bilder ermöglichen dem Menschen freundliche Rituale. Der gewaltsame Eingriff in die körperliche Welt, in die Welt der

Gedanken und Ideen, in die Welt der Seele und in das Reich der Mythen sind Vergeltungsrituale.

Manche dieser Rituale führen zum psychischen, manche zum physischen Tod - dem eigenen oder dem der anderen. Orientierungsfähigkeit, Ortskundigkeit, Verhaltensmuster und Traditionen sind die hauptsächlichen Grundlagen für das Überleben in der menschlichen Gesellschaft.

Durch einen schadhaften Schacht trat ich zögerlich in das Gerätehaus bei der Kaffeeröster-Gasse *>calle del caffettier<*. Im Gerätehaus bemerkte ich eine hölzerne Tür und ein kleines Schild mit der Aufschrift *>Asyl für Chinesen<*. Ich war am Zufluchtsort gottloser Chinesen, am lokalen Treffpunkt der *>Unerschütterlich Gottlosen Humanisten<* angelangt, bei meiner verehrten Professorin Agape di Venezia.

Keiner inneren Einstellung verpflichtet und in jedem Falle der seiend, der ich bin, betrat ich die unteren, im Dunkeln liegenden Räume, Agapes Zuhause.

Die Räume waren ansprechend im Design und mit Markenmöbeln der italienischen *>Art deco<* bestückt, zum Beispiel mit einem etwas ramponierten, mit Elfenbein und Perlmutt eingelegten Ohren-Sessel aus Birnbaumholz, einem arabesken, nur in runden und ovalen Formen gearbeiteten Sekretär und einer Kommode mit kleinen Spiegel-Einlagen.

In den Räumen sah ich handwerkliche Kunst in Vollendung. >Herzlich willkommen<, begrüßte ein Schild. Der Raum bot - was Stil und Bequemlichkeit betraf - ein umfassendes Sortiment für gehobene Bleibe für suchende Chinesen, für eingewanderte Chinesen und deren Nachkommen aus aller Welt. Für mich, den Betrachter, bot sich ein individuelles Wohnambiente.

Die Notwendigkeit, dass es sich hier um einen >Ort für offene Treffs freier und gebildeter Chinesen< handelte, war geschickt einbezogen und im Raumkonzept so umgesetzt, dass Küche und Gästezimmer, Aufenthalts- und Konferenzräume flexibel erweitert werden konnten.

41. Nichts befriedigt mehr als Krieg.

Erwachsene Menschen tragen Kinder durch das von Menschen eröffnete Granatfeuer. Krieg ist Folge von Grenzen, Mauern, Zäunen, Werteempfinden, Vorurteilen, Ängsten und Wahnideen.

Wie jeder Mensch in aller Welt, versucht auch der im Krieg befindliche Mensch die Wirklichkeit zu vergessen. Niemand lebt wirklich in der Wirklichkeit.
Jeder
- versucht die Wirklichkeit zu vergessen,
- oder sich über die Wirklichkeit hinwegzusetzen
- *oder* sich über die Wirklichkeit lustig zu machen, um dem Tod, der ja zwangsläufig für alle Men-

schen gewiss ist, zu entgehen *oder* ihn hinaus-
zuschieben.

Der Mensch lebt in Beziehung - und das ist schlimm genug. Er existiert in Beziehungen, sowohl in erzwungenen,
als auch in solchen aus Arbeitseifer, Sympathie, Neigung,
Zuneigung und Liebe.

Beziehungen sind der Menschen Schicksale. Sie sind die
gebündelte Gesamtheit aller Gefühlsregungen und geistigen Aktivitäten, aber auch die Folge von Bedrängnis,
Beklemmung, Unterdrückung, Zwingherrschaft, Schinde-
rei – kurzum: der Oppressionen.

Oh Mensch, >*homo intelligibilis*<, verständiger und be-
greifender Mensch: Gegen die Regeln der Verbunden-
heit, seien es erzwungene oder freiwillige, dürfen nur die
Einfältigen und die Mächtigen verstoßen. Mächtige und
Einfältige, denen erhabene Gefühle nicht zugänglich
sind, erfahren Genugtuung beim Anblick von Kummer
und Sorgen und beim Tod anderer.

Wem gehört die Zukunft? Die Zukunft gehört der phar-
mazeutischen Industrie, einem Zweig der chemischen Industrie, den Kriegstreibern, den Menschenverachtern
und dem >*organisierten Verbrechen*<.

Die Menschheit gerät nach und nach unter legale Drogen und illegale Machtverhältnisse. Antidepressiva und
Betablocker sind die Drogen der Zukunft.

Die Menschen wünschen eine Medizin, die auf die globalen Probleme der Weltgesellschaft reagiert und weniger eine, die auf das Individuum in seiner Beschaffenheit wirkt.

Ich war einmal in Großnamaland, in Afrika, im südlichen, hochliegenden Teil Südafrikas. Die Bevölkerung besteht aus Hottentotten, Mischlingen und Buschmännern. Die Menschen wirkten auf mich ein wenig komisch, wie Spaßvögel und wunderliche Käuze.

Diese merkwürdigen, exzentrischen Menschen mit Stärken und Schwächen – wie alle Menschen sie haben – vertilgen soweit erkennbar keine Psychopharmaka.

Wo gibt es noch freie Menschen. Am Lago de Poopo vielleicht? Ich war an diesem See in Bolivien. Er liegt in 3686 m Höhe und ist 2600 qkm groß, jedoch nur circa drei Meter tief.

Dort sprach ich Einheimische an, die ich bewusst nach dem Gebrauch von Medikamenten befragte. Ich konnte niemanden finden, der sich hat erinnern können, jemals ein Psychopharmaka konsumiert zu haben.

Wer ist ein tatsächlicher Mensch, ein Freier? Wer ist frei von Manipulationen? Wer ist ein komischer Kauz, ein komischer Heiliger? Der Ämtler in Sachen Karriere, der Anhäufer in Sachen Geld, der Artige in Sachen Ehre, der Aufschieber in Sachen Entscheidungen, der Beflissene in

Sachen Diensttauglichkeit und Treue, der ewige Gängler, der >immer und ewig Gleichgesinnte< in Sachen Gesinnung?

Um Herrschsucht und Tücke, Habsucht, Eitelkeit, Fresssucht und Geltungssucht, Überanpassung und Ergebenheit zu überwinden und um der >allerchristliche König<, >die allergläubigste Majestät der von Päpsten gekrönte König von Spanien und Portugal< sein zu wollen, benötigt man keine Psychopharmaka.

Um alte Liebe der neuen vorzuziehen, benötigt man keine Psychopharmaka, es sei denn, beider Liebe ist keine wirkliche Liebe.

Die Pharma-Industrie verfolgt den Tod, um ihn zu bannen, um ihn als allegorischen Sensenmann vom Menschen fernzuhalten. Wo liegt der Unterschied zu einem sinnfälligen Tod, der keine allegorischen Inhalte mit sich führt?

Psychopharmaka implizieren eine metaphorische Zweideutung:

Zum einen die Deutung, man sei jemand, der aus einem fremden Land in das ursprüngliche, gewohnte oder bessere zurückkehre, und deshalb, >um gut und gesund anzukommen<, sich künstlicher Nährstoffe und kompensatorischen Nahrungsmittelersatzes bedienen müsse, nachdem man in der Fremde mit fragwürdigen Methoden an seine Grenzen gestoßen sei.

Zum anderen diejenige Deutung, man fände im Rückkehrerland dasjenige wieder, das man zurückgelassen habe oder was in der Fremde abhanden gekommen sei.

Die Suche nach Autonomie, Erfüllung, Zufriedenheit und Wohlergehen verschlingt Unsummen und bringt der Pharma-Industrie hohe Gewinne.

42. Gründung eines Bundes der Unerschütterlich Gottlosen Humanisten. Ein Brief

Lieber William of Inagh! Elend der Mittelmäßigkeit. In Ermangelung schmeichlerischer Redekunst berichte ich mit pflichtgemäß einleitenden Worten vom heiligen Ort der Chinesen, vom Zufluchtsort gottloser Chinesen im Dorsoduro. Und ich erzähle von Eppan von Comacchio. Und ich berichte über Eppan und von dessen Tun, was nicht verwundern soll, wenn man bedenkt, dass ohne Tun, das allem Erkennen Bestand gibt, wir keine Erkenntnis finden können.

Zuerst möchte ich von Bruder Eppan, Italiener aus Mede in Oberitalien, erzählen. Eppan war der Erste, der die Gründung eines >Bundes der Unerschütterlich Gottlosen Humanisten< anregte. Bei einem Treffen im Dorsoduro berichtete Eppan wie folgt:

43. Übertriebene Glaubenseifer und die Basta-Mentalität haben Millionen Menschen das Leben gekostet

Eppan von Comacchio: >Gibt es etwas Schlimmeres, als jemandem den Mund zu verbieten, den Mund zu stopfen und jemanden mundtot zu machen, wo es nottäte, den Mund aufzumachen?

Ein Blick in die Geschichte lehrt: Die Auseinandersetzung um den rechten Glauben in den drei großen monotheistischen Religionen Judentum, Islam und Christentum, die kleinliche, engherzige Frömmigkeit und ängstliche Gewissenhaftigkeit, die Nötigungen durch kirchliche Institutionen, der übertriebene Glaubenseifer und die Basta-Mentalität, haben Millionen Menschen das Leben gekostet.

Das ist jedoch kein Grund, Religion generell zu negieren. Man stelle sich vor, eine der großen monotheistischen Religionen würde der Welt mitteilen, es gäbe nachweislich keinen Gott. Notleidende, Kranke, Arme, Gedemütigte und Vergessene würden den Glauben an Gerechtigkeit, die Hoffnung auf eine bessere Welt und ihr Vertrauen in die Kraft der Liebe verlieren.

Dem könnte nur ein aufgeklärter, wachsender Geist und ein Höchstmaß an Humanität und Solidarität entgegen gestellt werden. Ein nicht zu bewältigendes Unterfangen.

Die Spekulationen um Erkenntnis, Wahrheit und Tun in der Theologie sind metaphorischer Natur. Die Begriffe >Erkenntnis< und >Wahrheit< sind in der Theologie nur Metaphern. Sie werden im übertragenen Sinn und auf Grundlage von >Ich glaube< benutzt.

Zwischen Wahrheiten
- *in Worten, die für sich selbst stehen,*
- *in Worten, die nur in Bezug auf etwas oder jemanden existieren können,*
- *in ergänzenden Worten, die eine Eigenschaft bezeichnen,*
- *in Worten im wissenschaftlichen Sinn,*
- *in Worten im theologisch verfassten, gemeinten und geglaubten Sinn,*

gibt es nur Ähnlichkeiten.

Aber gibt es zu einer erkannten Wahrheit ähnliche Wahrheiten?

Was fühlst du, wenn ich behaupte, >Gott ist die Wahrheit, das Leben und die Quelle aller Erkenntnis<

Jedwede theologische Aussage zu Wahrheit kann ich nur als Kulturfaktor zur Kenntnis nehmen, nicht als wahr und nicht als unwahr. Sie ist eine Spekulation auf der Basis von Einflussnahme, Machtstreben und von philosophischem Prinzipiendenken.

Spekulationen dieser Art sind unauflösliche, theoretische Problemstellungen, die in Ratlosigkeit, Ausweglosigkeit und unerfüllte Hoffnungen führen.

Freunde, lasst uns Chinesen, die wir anderen Menschen in nichts verpflichtet sind, einen Bund gründen, der Spekulationsblasen als Inhalte unseres geistigen Lebens, unserer Lebensbewältigung und unseres Lebensunterhalts generell ausschließt<.

Eppan, ist in der kleinen Stadt Mede, südlich von Mailand aufgewachsen. Sein Zuhause hatte er in einer alten Reismühle in der Po-Ebene.

Der Natur-Reis dort schmeckt gut und ist gesund. Viele Menschen bevorzugen allerdings weißen, polierten Reis, der zwar kaum noch Vitamine und Spurenelemente enthält, aber weiß glänzt und klebt. Reis ist die älteste Kulturpflanze der Welt. Für mehr als die Hälfte der Menschheit ist Reis das wichtigste Grundnahrungsmittel. Ich bevorzuge den Naturreis<!

44. Wie nur kommen Streitigkeiten unter den Menschen zustande?

Brüder und Schwestern. Meine Gattin, Verehrerin des Eppan von Comacchio, ließ vermelden, es sei Zeit des Erinnerns an den heiligen Eppan, Zeit des Erinnerns an den eigenwilligen und mutigen Gelehrten.

Eppan verdiente sich besonders mit seiner Menschen-kenntnis und mit analytischen Fähigkeiten für das Zu-sammenleben von Ordensleuten Ehren und Ansehen. Seine maßgeblichen Schriften erweckten Neid und führ-ten zu Streitigkeiten unter Mönchen. Der gebildete und weltgewandte Eppan soll über die Päpste, Prälaten und Mönche Witze gerissen haben.

Er soll der Obrigkeit nicht unterwürfig genug gewesen sein. Er war wohl ein Querdenker. Seine Gedankenfrei-heit, sein störrischer Geist und seine Lebenserfahrung, wuchsen über die Köpfe seiner Zeitgenossen hinaus.

Doch plagten ihn viele Selbstzweifel, was Gottverbun-denheit und Weitsicht betrafen. Mit einer gelebten Toleranz zu unterschiedlichen Menschen, Meinungen, Wesensarten und Lebenseinstellungen gewann er die Herzen der einfachen Leute.

Eppan war der Überzeugung, dass Leben ohne Genuss und Freude krank mache. Er nahm ohne Rücksicht auf seinen Status bei Mitmenschen mit kleinen Sticheleien deren überzogene Frömmelei und Bigotterie aufs Korn.

Glaube, sagte er, ist gelebte Praxis und Erfahrung in der Begegnung. Er mied theologisierende Feiern. Eines sei-ner zentralen Anliegen für die Menschen war die Sorge um Harmonie und Frieden.

Wie nur kommen Streitigkeiten unter den Menschen zustande?

Wir Chinesen kennen keine aus gegensätzlichen Auffassungen entstandenen, kämpferischen Streitigkeiten. Wir Chinesen meiden scharfe Schwerter und geladene Pistolen. Menschliche Streitigkeiten können uns Chinesen nicht *anmachen*.

In meinen Jugendjahren wurde ich oft zu Gründen menschlichen Streits belehrt.

Gedanken des verehrten Eppan von Comacchio über die Gründe menschlichen Streits:
Streitereien entstünden
- wegen Hungers und Durstes,
- wegen Schwitzens und Frierens,
- wegen Lärms,
- wegen Hilfeleistung und Verweigerung von Hilfe,
- wegen unterschiedlicher Meinungen,
- wegen Vorbildern, die man für sich beansprucht,
- wegen Verehrung, die manchem zukommt und manchem nicht,
- wegen des Vergleichs, was gerecht und ungerecht, gut und böse sei,
- wegen eines zu schützenden Gutes, das jemandem gehört oder nicht gehört,
- wegen Glaubens und Nichtglaubens,
- wegen Wissens und Nichtwissens,
- wegen Schönheitsidealen,

- wegen Erregung, Zorn, Unduldsamkeit,
- wegen Neid, Angst, Missgunst,
- wegen Krankheit,
- wegen Missbrauch eines Amtes,
- wegen Dummheit.

Wir Chinesen haben keine von Autoritäten verliehene Kompetenz, keine Vorbilder aus weltanschaulichen Gründen, keine Stellvertreter für etwas oder jemanden, keine Schätze, keine Kirchenbücher und Ikonen.

Wir haben weder vorgebende, bindende Prinzipien noch Schlüssel zum Paradies. Wir tun manchmal nur so, als hätten wir alles.

Nicht Streitereien auf Erden, nicht Ungewissheit für den Himmel, nicht Gottlosigkeit im Himmel und auf Erden hat man zu fürchten, beschwor ich mich oft selber.

Ich trat in Agapes heiliges Asyl, in die Zuflucht gottloser Chinesen, in die Heimstatt für Emigranten, mit dem Gefühl, Gottlosigkeit ist nichts Willkürliches, ist nicht das Entbehrliche, sondern das Notwendige, das im Wesen aller Menschen >Begründete<. Der Halt in Gott, den man sich gibt, und der jederzeit auch woanders gegeben sein könnte, ist willkürlich.

45. Größenwahn

Menschliche Dummheit ist kein Versagensmoment, wie oft behauptet wird. Sie ist ein Zustand. Beschränkt ist derjenige Mensch, für den es nicht gibt, was er nicht kennt oder weiß.

Dummheit und Größenwahn stehen sich nahe. Größenwahn ist häufig ein mit Machtgelüsten oder tatsächlicher Machtstellung verbundener Wahn. Als ein vom Menschen normal empfundener Zustand existiert er in allen möglichen Formen, z. B. in Männlichkeitswahn, Heilswahn, politisch-ideologischem und Rassenwahn, religiösem Wahn, in Diktatoren-Affinität von Politikern westlicher Demokratien.

46 Die Todesstrafe findet bei den Menschen mehr Befürworter als Gegner.

Ich erzähle von der heiligen Agape und von deren Tun, und ich berichte über das Friedensangebot der Arabischen Liga (erneuert 2007), was nicht verwundern soll, wenn man bedenkt, dass ohne Tun, das allem Erkennen Bestand gibt, wir keine Erkenntnis finden können.

Meine über alles geliebte Gattin ließ mitteilen, es sei die Zeit des Erinnerns an die Heilige und Märtyrerin Agape, die wegen ihrer Treue zum Christentum unter der diokletianischen Verfolgung 304 in Thessaloniki durch >Lebendig verbrennen< ermordet wurde.

Gründe für diese unmenschlichen Tötungsmethoden veranlasst durch Herrschende, können sein:

- Tötungsdelikte,
- Güter- und Mittelraub,
- unerwünschte Meinungen und Überzeugungen,
- Gegnern unterstellte Häresie und vermeintliche Hexerei.

Die eigentliche Triebfeder solcher Hinrichtungsformen ist jedoch der Ausbau von Macht und die Vergeltung, die als die Basis für selbstgefällige oder gottgefällige Gerechtigkeit und Größenwahn willkürlich benutzt wird.

Wenn Menschen sich unterhalten, fernsehen und Zeitung lesen oder nur einfach spazieren gehen, schwirrt ihnen vielerlei zu Gerechtigkeit und Ungerechtigkeit durch den Kopf, z. B. die Not hungernder Menschen trotz Reichtums anderer Menschen, verletzende und erniedrigende Worte trotz der Menschenrechte, und die mögliche Vergeltung zu all´ dem.

Die Todesstrafe findet bei den Menschen mehr Befürworter als Gegner. Trotzdem und mit großem Engagement einzelner herausragender Menschen, z. B. des Robert Badinter aus Frankreich, konnte die Todesstrafe in manchen Ländern abgeschafft werden.

In Deutschland mit Art. 102 Grundgesetz, in der (parlamentarischen] Republik Frankreich 1981, in der (parlamentarischen] Republik Italien 1994, in der Republik

Österreich mit Artikel 85 des Bundesverfassungsgesetzes, in der Schweiz mit Artikel 10 Abs. 1 Bundesverfassung der Schweizerischen Eidgenossen.

Trotzdem wird (z. B. in den USA, in China) weiter mit Todesstrafe getötet.

Wozu benötigen die Menschen das Militär?
- Sie benötigen es, um zu töten.
- Sie benötigen es, um sich zu verteidigen.
- Sie benötigen es für Eroberungsfeldzüge.
- Sie benötigen es für die Unterdrückung von Menschen und von Völkern.
- Sie benötigen es für Ausbeutung von Menschen und Roh- bzw. Wertstoffen wie Öl, Erzen, Diamanten, Gold usw.
- Sie benötigen es für Raubzüge.

Das politisch-gesellschaftliche Epizentrum für künftige, *die Welt erschütternde Kriege im politisch-geographischen* Raum der Erde wird wohl das jetzt schon in Unterdrückung, Aufbegehren, Irrungen und Wirrungen schillernde Gebinde Afghanistan, Iran, Syrien sein. Die Rolle Chinas und Indiens ist völlig ungewiss.

Ohne Zweifel hätten die Menschen die Möglichkeit, in einer Gesellschaft zu leben, in der Frieden und Sicherheit herrschen, in der die einen Menschen die anderen Menschen nicht unterdrücken und ausbeuten, in der liebevoll miteinander umgegangen wird, in der man sich gegenseitig unterstützt, respektiert und achtet.

Die Menschen wollen das nicht wirklich. Dass sie den Frieden nicht wollen, erweist sich schon bei weniger bedeutsamen Anlässen:

- Das Gute wollen sie es erst nach dem Tod.

Vertreibung und Ausgrenzung von Menschen sind Folge begrenzter Überlebensstrategien, welche ihre Wurzeln in menschenverachtenden gesellschaftlichen und politischen Einstellungen und Bestrebungen oder in kollektiver Angst haben. Autoritäres Verhalten der Mächtigen wirkt dabei in unerwünschte soziale Verhältnisse hinein.

Ein Friedensangebot erlaubt allerdings keine Zweifel.

Vier Arten von Frieden möchte ich euch Brüdern und Schwestern aufzeigen:
- Friedensangebot als kriegerische Taktik zur Fortführung eines Krieges mit der Absicht auf einen Sieg (Fauler Friede).
- Friedensangebot mit den Opferversprechen Kompromiss, Reparationsleistungen und Wiedergutmachung.
- Friedensangebot mit Partnerschaftsversprechen und rechtsverbindlichen Vereinbarungen (Aus Gegnern werden Verbündete).

- Friedensangebot aus freien Stücken (Interessen-wandel zum Besseren auf beiden Seiten).

Ist es möglich, ohne Gott >human< zu sein, wenn es mit Gott nicht funktioniert? Gottlosigkeit, schrieb meine Gattin einmal in ein Poesie-Album, ist der durch keine ethische und gesellschaftliche Institution geschützte Versuch, Art und Weise des Denkens und der Lebens-führung weder auf Gottesglaube und Gotterfülltheit, noch auf moralisch begründete Verortung in hierar-chisch gegliederten Strukturen aufzubauen und zu ver-festigen.

Später begriff ich wohl: Diese Auffassung steht in stren-gem Gegensatz zu sonst üblichen, auf Glauben an Gott angelegten Seins-Ebenen, auf denen die Menschen ge-wöhnlich aufeinander zustreben und voneinander las-sen.

Ich weiß, dass konventionelle Seins-Ebenen nicht nur In-haltsebenen, sondern auch Beziehungsebenen, die tägli-che Praxis des Gebens und Nehmens, der Virtualität, der Rituale und der Kommunikation sind.

47. Wie viele Jesus darf es geben?

In Ermangelung schmeichlerischer Redekunst berichte ich mit pflichtgemäß einleitenden Worten vom Zu-fluchtsort der Chinesen, vom heiligen Ort gottloser Chinesen in Venedig.

Ich erinnere an Jesus Yuz Asaf, den Heilsbringer, den zweiten Jesus. Man soll Jesus in der Türkei, in Persien, Westeuropa, England, sogar in Amerika, zuletzt in Kaschmir gesehen haben, wo er, sei es zum ersten Mal, sei es öfter, gestorben sei.

Meine Gattin meint dazu: >*Wenn Jesus Mensch und zugleich Gott in einem gewesen ist, dann ist es doch auch möglich, dass er an mehreren Orten gleichzeitig oder nacheinander den Menschen mit seinem Tod die Erlösung gebracht hat*<.

Im paranoiden Ausnahmezustand entschließt sich der gläubige Mensch, sich an Jesus Christus zu halten. Er nimmt sich vor, neue Wege für seine Zukunft zu finden.

Für schützende menschliche Beziehungen bleibt ihm nur ein unwesentliches Überlebens-Elixier, die Sprache.

Der Mensch ist sich dessen bewusst: Zum Überleben und zu guten Beziehungen gehört die Traditionen behutsamen und milden Sprechens.

Gute Beziehungen sind wichtig.

Die Funktion der Sprache dient den Eingebungen und dazu, ein beruhigendes Gefühl für soziale Irrtümer zu verbreiten.

Des Mangels Eingebung hat uns tausend Lügen, Schläue und die Bestrebung gelehrt, in Winkelzügen Netze zu weben.

Ist die Sprache die Verflüssigung von Erfahrung im wässerigen Widerschein der Empfindungen für etwas, für jemanden oder von sich?

Im günstigsten Fall verwirklichen sich Beziehungsinhalte im Wörtern, Das >Kleine Wort< steht synonym für Zartheit, Neugierde, Aufmerksamkeit, Mut, Herzenswärme, Lebensfreude, Lebensfülle und für Wirklichkeitsnähe.

Antonym dazu gilt >Das große Wort<. Dieses steht für groben Umgang, für Mangel an Interesse, für fehlendes Einfühlungsvermögen und für Kälte!

Ist Sprache also Vorwand oder Nachgedanke zu einem utopischen Ort von nicht enden wollendem *Aufeinanderzu* und *Voneinanderweg* der Begegnungen? Oder ist sie verweiblichte Personifikation von Verwirrung?

Gerüche, Geschmäcker, Klänge, die Gemeinplätze verblassen lassen, vermengen sich mit Gesagtem und Gehörtem.

Die Wiederbelebung des >Kleinen Wortes< in Beziehungen ist eine Enthüllung von Gelegenheiten, ist Silphium für Leib und Seele, Herz und Verstand, aber auch Lockmittel für Resonanzen zum schöpferischen Prinzip Eros.

Zum ersten von allen Wörtern ersannen die Götter das Wort *Eros*. Wenn Frau und Mann zusammen die Keime der Zuneigung mischen, formt die Kraft, die diese Einheit hervorbringt, den geheimen Ort aller Wünsche

- aller begehrenden Liebe,
- aller hingebenden Liebe,
- aller freundschaftlichen Liebe,
- aller Anteil nehmenden Liebe.

Silphium ist ein begehrtes Gewürz- und Allheilmittel für und gegen alles, ein Wundermittel. Es wächst nur in Nordafrika.

48. Standards und Lebensraum

Ich berichte des weiteren von Papst Johannes XXIII. und ich erzähle über Augustus Ambros van Umtata und dessen Tun, was nicht verwundern soll, wenn man bedenkt, dass ohne Tun, das allem Erkennen Bestand gibt, wir keine Erkenntnis finden können.

Papst Johannes XXIII. habe wie kein anderer in die Zukunft geschaut. Er habe die katholische Kirche reformieren wollen. Er habe jedoch nicht Fundamentalismus und Rigorosität Altgläubiger in der Kurie und denselben im administrativen Katholizismus überwinden können. Er habe zur Mäßigung bei Rechtfertigungen von Letztbe-

gründungen in der vorgegebenen Ordnung der Kirche
aufgerufen.

In Folge soll er schon zu Lebzeiten zum >*Guten Papst*<, Il
papa buono, hochstilisiert worden sein.

Dabei habe man ihm die Flügel gestutzt und ihn als
Reformer absichtlich verharmlost.

Johannes leitete das Ende des Einflusses des >*Schwarzen*< und >*weißen Adels*< Nobile d' Italia, und damit das
Ende einer ganzen Epoche des Einwirkens des italienischen Adels auf Vatikan und die gesamte katholische
Kirche ein. Das wurde von den Betroffenen als funda-
mentalen Angriff auf die Tradition und als zerstöre-
rischer letzter Teil der auslaufenden Macht des Adels
(Epilogo triste) erlebt.

49. Autobiografische Verschlickung?

Das Erinnerungsvermögen des Menschen ist von fiktiven
Bekenntnissen und von autobiographischer Verschlik-
kung durch wundermäßig religiöse, gefühlsmäßige und
politische Denkwürdigkeiten und die Darlegung über das
eigene Gewordensein überlagert, was zur Folge hat, dass
die eigenen historischen Dokumente, d. h. die Erinne-
rungen als das eigentliche >*Vermögen*< dermaßen anti-
quiert sind, dass der Mensch nicht einmal mehr zutref-
fende Gratiskommentare über seine Vergangenheit zustande bringt.

Von kirchlichen Institutionen erwartet er deshalb einen perfekten *Überlieferungsservice,* der ihm Aha-Erlebnisse, lustbetonte, plötzliche Einsichten in Sachverhalte, die man eigentlich schon kennt, garantiert.

Dieser Service soll dem Wohlfühlen dienen. *>Einsicht haben<* muss nicht bedeuten, *>zur Einsicht kommen<.* Rigorose Altgläubige der katholischen Kirche halten an alten Riten und Glaubensdogmen (Doktrinen) fest, wobei das Menschenbild eine wichtige Rolle spielt.

>Der Mensch als Wurm in der großen Gotteswelt<. Altgläubige hängen paradoxer Pedanterie nach. Wie soll Religionsausübung stattfinden? Sie unterwerfen sich engen Auslegungen z. B. in der Formulierung liturgischer Texte, in Anwendung der Sprache (z. B. Latein), in Ausdrucksbildern:

Wie viele Finger hat Jesus bei der Kreuzigung zusammengezogen, wie viele Finger gespreizt? Wie ist die richtige Schreibweise zu Jesus? Wann ist das Halleluja zu verwenden? Welche Art Brot soll bei der Wandlung verwendet werden?

50. Die Null verändert die Welt

Die von Menschen erfundene *>Null<* ist eine bahnbrechende Erfindung. Sie ist eine reelle Zahl, weder negativ noch positiv. Sie ist die Mächtigkeit der Leere, des Nichts.

Ohne >Null< gäbe es keine Binärzahlen. Ohne Binärzahlen gäbe es keine Computer, sagte Konrad Zuse (verstorben 1995), der Erfinder des Computers.

>Null< in der Einschätzung des Menschen bedeutet allerdings auch Geringschätzung und Erniedrigung:

>Du bist eine Null. Du bist nichts zwischen gut und böse<.

Menschen sprechen bei verhängnisvollen, einschneidenden oder erlösenden Ereignissen >zwischen gestern und morgen< von der >Stunde Null<, von einem fixen Datum.

Stunde Null.

Beispiele für Deutschland:

Am 9. November 1848 wird in Wien Robert Blum, ein deutscher Politiker der Jahre vor und während der Märzrevolution, erschossen. Sein Tod ist Anfang und Ende der Märzrevolution in den Staaten des Deutschen Bundes.

Am 9. November 1918 beginnt mit der vorgetäuschten Abdankung Kaiser Wilhelms 11 die Novemberrevolution.

Am 9. November 1918 ruft der Sozialdemokrat Philipp Scheidemann die Deutsche Republik aus und Karl Liebknecht steht für die deutsche Räte-Republik.

Am 9. November 1923 ist der für folgende Generationen verhängnisvolle Hitler-Ludendorff- Putsch in München.

Am 9. November 1938 starten die Novemberprognome >*Kristallnacht*<, der Anfang der grausamen Verfolgungen der Juden in Deutschland.

Am 9. November 1989 sind *Mauerfall* und Beginn der Wiedervereinigung Deutschland angesagt.

<*Stunde Null*< in Griechenland? Am 9. November 2011 einigen sich *uneinig* die regierenden Sozialisten und die konservative Opposition auf eine Übergangsregierung, um so möglicherweise einer totalen Staatspleite zu entgehen. Das griechische Volk hat keine großen Erwartungen. Das Gros der Menschen kann am allerwenigsten für den desolaten Zustand und die >*Litanei der neun aufeinanderfolgenden Gebetszyklen*< (Novenen) der Verzweiflung.

Die Litanei zum Debakel:
- Überschuldung.
- Rasante und verheerende Entwicklung des internationalen Zinsniveaus.
- Protektionismus in der Weltwirtschaft.
- Weltweite Rezession.
- Tatsächliche (oder scheinbare?) Rohstoffkrise.
- Augenwischerei und Arglist bei Scheingeschäften und Leerverkäufen gerissener Kapitalschnüffler.

- Missbräuchliche Verwendung von Inlands- und Auslandskrediten.
- Ungedeckte Anleihe-Schulden bei fremden Staaten.
- Nicht kompetentes Schulden-Management.

Seine Folgen:
- Verdeckte Massenarbeitslosigkeit und Niedriglöhne, von denen niemand leben kann.
- Ausbleiben von Lern- und Wachstumsprozessen im Bankenwesen, in Industrie und Handwerk.

Wer schützt das griechische Volk vor dem vermeintlichen *Euro-Rettungs-Schirm?* Man kann von den Griechen keine Gebete der Fürbitte für ihre Verführer, keine Gebete der Vergebung und keine für den Seelenfrieden der Verursacher aller Desaster erwarten.

51. Ein Mensch des Namens Leonardo Fibonacci

Ich berichte von Anton von Bejaja, dem Afrikaner aus der Hafenstadt Bejaja im Nordosten Algeriens. Von seinem Heimatort Bejaja brachte einst ein Mensch namens Leonardo Fibonacci indoarabische Zahlen nach Europa, neue Ziffern, und zwar diejenigen, die heute noch von allen europäischen Menschen von Kindsbeinen an gelernt und zeitlebens geschrieben werden, um den Überlebensunterhalt bestreiten zu können.

Anton aus Bejaja ist Mathematiker, wie sein großes Vorbild Fibonacci, der im 12. Jhd. gelebt hat. Um Lebensart und Gefühle des genialen Mathematikers des Mittelalters nachzuvollziehen und begreifen zu können, begab sich Anton auf die Spuren des Fibonacci.

Er wanderte von Bejaja über Pisa, der Heimatstadt des Mathematikers, in die Lagunenstadt Venedig, um dann mit dem Schiff nach Istanbul, dem früheren Konstantinopel, weiter zu reisen.

Anton fand Gefallen an Venedig. Er verbrachte 9 Tage bei Agape, im Zufluchtsort für Chinesen. Anton ist ein an den Menschen orientierter Agnostiker.

Um es vorweg zu sagen: Ein Agnostiker ist ein Mensch, der unzufrieden ist, weil er nicht sicher sein kann, dass es einen Gott gibt.

Anton weiß von der Begrenztheit menschlichen Wissens. Existenz oder Nichtexistenz eines höheren Wesens beschäftigen ihn sehr, auch mathematisch, da Gott ebenso wahrscheinlich wie unwahrscheinlich ist.

Die Fragestellung, ob es einen Gott gibt oder nicht, kann Anton aus Überzeugung weder mit >Ja< noch mit >Nein< beantworten. Was Gott betrifft, ist es ihm unmöglich, zu wissen, ob er existiert, noch, was seine äußere Gestalt ist. Da bis heute niemand Gott gesehen hat, können

Darstellungen von ihm nur eine von einem Menschen getragene Maske und ein Kostüm sein.

Die Notwendigkeit einer Kritik an Gott scheint ihm deshalb vermessen und ohne Bedeutung für die menschliche Existenz.

Zu dieser Fragestellung empfiehlt er deshalb absolute Meinungsfreiheit in allen Gesellschaften.

Allerdings weiß er auch, dass Gottesglaube und Unglaube sich auf Erziehung, Toleranz gegenüber Andersdenkenden, auf Einhaltung und Nichteinhaltung der universellen Menschenrechte, auf Bestrafungssysteme sowie das Verhältnis Mann und Frau auswirken.

Mit welchen Zielen soll ohne einen Gott bestraft werden?

Mit welchem Ziel der Veränderung von Gesetzesbrechern zu welchem Besseren soll bestraft werden?

Mit welchem Ziel zur Abschreckung potenzieller Straftäter wovor soll bestraft werden?

Mit welchen Zielen zum Schutz der Bevölkerung wovor soll bestraft werden?

Mit welchen Vorstellungen von Gerechtigkeit und von Vergeltung sollten Gerichte ohne einen Gott aburteilen, wenn es keinen Gott gibt, wenn Menschen auf der Basis von Erfahrungen und der Kenntnis *>unzureichender Lebensbedingungen<* und mit analytischen Urteilen für alle Zukunft einen Schluss ziehen, *>Es gibt keinen Gott<.*

Spielt es dann noch eine Rolle, was *>Gut<* und was *>Böse<* ist, wer den Weg zeigt, und wohin der Weg führt?

Mit dem Glauben an Gott wurden Erziehung, Bildung, Musik, Kunst, Literatur Architektur und anderes Kulturelles und Soziales transportiert. Dürfen durch *>Nicht-Glauben<* für die künftigen Generationen von Menschen diese und andere Ressourcen vergeudet werden?

Auch was nicht beweisbar ist, kann möglich sein. Missionen, Visionen und Optionen werden für die Menschen verschwinden - ohne Gott.

Der Mensch erwartet sich Glück, Wohlbefinden und Gesundheit von Gott, und er hofft, dass er, wenn er das Leben nach Gott ausrichtet und Gott sein Leben lang verehrt, wiedergeboren werde.

Antons vorsichtiges Resümee: Bei Menschen, die vorgeben, zu wissen, dass es einen Gott gibt, ist Vorsicht geboten. Alles Denken bleibt bei der Fragestellung hängen: *>Gibt es einen Gott<.* Diese Frage kann nur mit einem *>Ich weiß es nicht<* beantwortet werden.

Für mich und alle, die ihn kennen, hinterließ Anton bei Agape einen Brief, den ich euch, liebe Brüder und Schwestern, hier vorlesen möchte.

52. Den Christen sind ideale Möglichkeiten geboten, Mitgefühl zu zeigen und Barmherzigkeit zu üben.

>Freunde, ich erinnere an die großartige Mildtätigkeit und intelligenten globalen organisatorischen Hilfen der Christen für Christen im Mittelalter, an die Mildtätigkeit Geistlicher und der Bettelorden, klösterlicher Gemeinschaften und der christlichen Ritterorden, die sich allesamt vorzüglich der Armen, Kranken und gesellschaftlich Ausgestoßenen annahmen. Es waren religiöse Motive, die zur Einrichtung und zum Bau von Hospitälern führten. Christen waren ideale Möglichkeiten geboten, Mitgefühl zu zeigen und Barmherzigkeit zu üben.

Die großen Religionsgemeinschaften haben wesentlich dazu beigetragen, medizinisches Wissen des Altertums zu erforschen und nach Europa zu holen und die Medizin als Wissenschaft in den Köpfen der Menschen zu etablieren. Klöster entwickelten die Krankenpflege. >Betreuung und Pflege Armer und Kranker wurde zur Chef-Sache kirchlicher Würdenträger. Neben Glaubenskunde verbreitete die Kirche in ihrem Tun und Lassen Lebens- und Weltkunde.

Alle monotheistischen Religionen beteuern: Die Aufgabe des Menschen sei es, das Göttliche samt dem Mensch-

lichen nicht aus den Augen zu verlieren. Der Mensch träumt von Wertewandel und von alternativem Lebensstil.

Doch mit welchem Ziel lebst du, wenn du nach christlicher Auffassung unsterblich bist und es ein Jenseits gibt?

Mit welchem Ziel lebst du, wenn du sterblich bist<?

53. Im Kopf des Menschen brüten unendlich viele Wünsche vor sich hin

Wir Menschen meinen, Lebensart und Lebensgefühl werde hauptsächlich durch Werbung in den Medien entwickelt bzw. realisiert, folglich in einer Schein-Welt und Lügen-Welt, einer Kauf-Welt.

Dieses gilt für
- Lebensart und -gefühl im Alltagsgeschehen,
- Lebensart- und -gefühl im jeweils häuslichen Bereich, in Wohn-Stil, Kleidung, Essgewohnheiten,
- Lebensart und -gefühl in Beruf und Arbeit,
- Lebensart und -gefühl bei Reisen,
- Lebensart und -gefühl in Partnerschaft und Ehe, in Intimität, Kommunikation,
- Lebensart und Lebensgefühl in Hoffen, Wünschen und Träumen?

Die Einflussnahmen von außen gehen bis hin zur Mimik, Gestik, Konditionierung sowie zu Farben und Düften.

In wohlhabenden Gesellschaften besteht ein Zusammenhang zwischen Lebensart, exzessivem Genuss und Apartheit.

Werbung propagiert *>Detailverliebtheit<* und *>Detailverlorenheit<* in Körperteile wie Po, Brüste, Figur, Gegenstände und Sachlagen aller Art.

Beim Konsumieren und bei Kaufentscheidungen nötigen Werbebotschaften den Menschen sogenannte *>Trends<* auf, denen je nach Kaufkraft gerne entsprochen wird.

Im Kopf des Menschen brüten unendlich viele Wünsche vor sich hin.

54. Risorgimento: Rosmini gilt dennoch vor allem in Italien als Diener des Herrn Jesus Christus

Ich erinnere an den 1855 verstorbenen seligen Antonio Rosmini Serbati, den Wegbereiter des von 1815 bis 1870 in vielen klugen Köpfen spuckenden *>Risorgimento<,* des Wunsches, Italien unter einem von Rom gelenkten Zentralstaat zu einigen, um den Menschen Freizügigkeit und zugleich Heimat zu garantieren.

Dieser Nationalstaat Italien wurde zunächst, nach revolutionären Erhebungen und Kriegen, 1861 als konstituierende Monarchie realisiert, und 1870 mit der militärischen Einnahme des Kirchenstaates und der Hauptstadt Rom durch italienische Truppen zur Meisterschaft gebracht.

War der Geistliche, der Philosoph und Theologe Rosmini ein >*Heiliger* oder ein *Häretiker,* ein *Verräter*< am Dienst der Kirche?

Papst Leo XIII., verstorben 1903, ein leidenschaftlich politischer Papst, der vergeblich versuchte, die Katholische Kirche aus ihrer durch italienischen Adel und durch Altgläubige dominierten, selbst gewählten Isolation zu befreien, verurteilte Rosmini und seine philosophischen und theologischen Werke.

Leo XIII. vertrat rigoros die Notwendigkeit des Kirchenstaates. Rosmini gilt dennoch vor allem in Italien als >*Diener des Herrn Jesus Christus*<, der sich bemüht habe, in einem Institut für Nächstenliebe die Menschen zur Vernunft, zur Frömmigkeit, Tugend- und Rechtschaffenheit, Klugheit sowie Integrität zu führen.

Rosmini: >*Der Mensch kann sich entscheiden zwischen verbindlichem Tun und Gleichgültigkeit gegenüber allem Tun*<.

Rosmini weist in einer seiner Schriften darauf hin, dass er große Kälte in und unter den Christen beobachte, und dass viele Christen zwar rührselig und gönnerhaft seien, aber oft nur, um fordern und Macht ausüben zu können.

Rosmini hat die apostolische Mahnung an den katholischen Klerus, >Haerent Animo<, und die Sorge von Papst Pius X. um die Heiligkeit des Priesterlebens und das Seelenheil des Kirchenvolkes quasi vorweggenommen.

Pius X. fordert die Priester auf, Vorbilder zu sein und sich in ihrem ganzen Lebenswandel und ihrer Berufspflicht wirklich würdig zu erweisen.

Pius X. war überzeugt, dass sich die Hoffnungen für Erfolg und Zukunft der Kirche hauptsächlich auf das vorbildhafte Verhalten und Wirken des Klerus stützen.

Er mahnte die Pflicht der Bischöfe und Priester an, sich mit aller Energie beharrlich dafür einsetzen, das Leben nach dem Willen des Herrn Jesus Christus zu gestalten.

Folgendes sei zu beherzigen: >Die Erneuerung in wahrer Gerechtigkeit und Heiligkeit und ein würdiger Lebenswandel, der dem Herrn wohlgefällig ist, denn die Stellung des Priesters sei derart, dass er keineswegs für sich allein gut oder schlecht sein könne; sein Verhalten und seine Lebensführung im Gegenteil die folgenschwersten Rückwirkungen auf das Kirchenvolk habe<.

Pius fordert Übereinstimmung zwischen christlicher Lehre und Leben. Es sei klar, dass die Tätigkeit des Priesters nahezu nutzlos bleibe, wenn der Priester nicht das Wort seiner Verkündigung mit dem Beispiel seines Lebens bekräftige.

Eindringlich erinnert er an die Mahnung des Karl Borromäus, der das Volk zu heiliger Nachahmung anfeuerte, zu unbescholtener Sitte und beharrlichem Wandel in Rechtschaffenheit sowie zu Demut, Gehorsam und Selbstverleugnung.

Pius X. äußerte sich dazu wie folgt: >*Gebe Gott, dass (...) eine größere Zahl von Menschen diese Tugenden üben wie die größten Heiligen früherer Zeiten, deren Kraft, Demut, Gehorsam, Enthaltsamkeit machtvoll wirkten in Wort und Tat, zum größten Nutzen der Religion und der Bürgergemeinschaft*<.

Pius X. zeigte sich besorgt wegen der von den Menschen vernachlässigten Tugenden und der trennenden und verrohenden Verhaltens- und Handlungsweisen, wie schnöde Gewinnsucht, Verstrickung in undurchsichtige Geschäfte, Geiz, Gier nach ehrenvoller Stellung, Buhlen um die Gunst der Menschen.

Rosmini unterschied zwischen >*Sensibilität*< (z. B. Einfühlungsvermögen, Feinfühligkeit für Verhalten und Stimmungen der Mitmenschen) und der >*Penibilität*<, der wenig effizienten, billigen Variante menschlichen Verhaltens, der teils peinlich genauen, an Vorgaben und

Prinzipien oder begrenztem Geist und fehlender Toleranz ausgerichteten >*Penibilität*<.

Die weitverbreitete >*Penibilität*< unter Religiösen und Ideologen dient der Menschheit wenig. Sie schadet nur.

Ein extremes Beispiel zu ideologischer Penibilität: Die Roten Khmer sollen für ihre tatsächlichen oder vermeintlichen Feinde Personalakten angelegt haben, in denen sie übersorgfältig mühsam Bildungsstand, Einstellung zur Vergangenheit und Hoffnungen für die Zukunft vermerkten.

Beides, Wissen um die Vergangenheit und Hoffnung auf eine bessere Zukunft freier Menschen, sahen die Roten Khmer als grundlegende Gefahr für die Gesellschaft an.

Als diese maoistisch-nationalistische Guerilla-Bewegung 1975 in Kambodscha an die Macht kam, sollten die Menschen mit Unterdrückung und Gewaltherrschaft in ihren Urzustand zurückgeführt werden, in ein Leben ohne Vergangenheit, ohne Geld, ohne Bücher, ohne Lehrer, ohne Spezialisten und Spezialgebiete, ohne Vorwissen und ohne Religion.

Die Penibilität der Machthaber ging so weit, dass, wer zu spät zur Arbeit auf dem Feld kam, hingerichtet werden konnte.

55. Toleranz

Die Menschen führen das Wort Toleranz im Munde. Sie tun sich jedoch schwer, im Alltag Toleranz zu üben. Toleranz ist das Dulden, das Gehenlassen eines Übels, weil dem zur Wahrung der Ordnung Berufenen der Verzicht auf Eingreifen klüger erscheint, als der Wunsch des Unterdrückens.

Toleranz ist wohl auch das Hinnehmen dessen, was einem Menschen durch andere Menschen als Übel, Beeinträchtigung oder Einschränkung widerfährt.

Dazu gehört auch die Duldung anderer religiöser oder weltanschaulicher Überzeugungen und Betätigungen.

Die Gunst des Menschen zwischen >Toleranz< und >Indifferentismus< ist schwammig.

Gunst hat ein Verfalldatum. Sie ist für den baldigen Verbrauch bestimmt. Gunst ist eine offene Tür: >Bis hierher und nicht weiter<. Gunst kommt von >günstig<.

56. Die Energie fließt dorthin, wohin wir uns sehnend wenden

>Yo-Yo Ma Ma, mein lieber Yo-Yo Ma Ma<, so hat Agape mich begrüßt, >ich habe viel geweint, weil ich befürchtete, dich nach so vielen Jahren der Ungewissheit nie mehr wiederzusehen. Doch die Energie fließt dorthin,

wohin wir uns sehnend wenden. Was wir fest glauben, das verwirklicht sich. Jetzt bist du da<.

Ein Markenzeichen von Prof. Agape di Venezia ist und war immer Mitgefühl, aufmerksames, überragendes Mitgefühl. Jetzt, nachdem sie ihrer Freiheit, eine verwitwete Frau zu sein, lebt, ist einfühlsames Miterleben wie Essen, Trinken, Ruhen und Sichbetätigen plötzlich wieder ein selbstverständlicher Teil ihres Lebens, verbunden mit der Erkenntnis: *>Man solle sich nie zu weit aus seinem ursprünglichen Milieu entfernen. Das bringt Kummer und Unglück<.*

57. Menschen weinen

Menschen weinen. Sie weinen beim Wiedersehen, beim Abschied, bei Reue, nach erlittener Verunglimpfung, bei Misserfolg.

Lachen und Weinen sind ausdrucksstarke, Eindruck erweckende, auch verführerische Mitteilungsweisen des Menschen.

Manchmal weinen Menschen für sich alleine, z. B. wenn ein menschliches Leben zuende gelebt ist, wenn Menschen sterben, abberufen werden. Ableben wird als physischer, biologischer, psychischer Vorgang erlebt.

Trauer ist eine menschliche Fähigkeit, um den Kampf ums Überleben und um den Überlebensunterhalt erträglicher zu gestalten und zu verschönern.

58. Konstituierende Sitzung

Ehrwürdiger Bruder William of Inagh, der du aus beruflichen und wirtschaftlichen Gründen nicht bei uns in Venedig sein kannst, und ihr, Brüder und Schwestern:

Elend der Mittelmäßigkeit. Mangels schmeichlerischer Redekunst eröffne ich die erste konstituierende Sitzung des von unserem Bruder Anton von Bejaja aus Algerien angeregten >Bundes der Unerschütterlich Gottlosen Humanisten<.

Ich beginne mit pflichtgemäß einleitenden Worten über Tun, was nicht verwundern soll, wenn man bedenkt, dass ohne Tun, das allem Erkennen Bestand gibt, wir keine Erkenntnis finden können.

Ich erinnere an den Sklaven Rem Opus und an den einzigen arbeitsfreien Tag für Sklaven im Römischen Reich, beginnend unter Kaiser Augustus.

Der freie Tag fiel auf den Festtag zu Ehren Dianas, der Göttin der Jagd. Er war ein großes Fest, da gut ein Drittel der Bevölkerung Roms Sklaven waren. Rem Opus, von seinem Herrn und Besitzer auch >Der für Arbeit notwenige< geheißen, war nach römischem Recht keine

Person, sondern eine Sache, ein Ding und deshalb ohne Rechte.

Man stelle sich vor, Rem Opus hätte um das Jahr 66 nach Christus, an seinem freien Tag, im antiken Stadtzentrum von Rom gestanden und dort die Idee der Menschenrechte in die Welt posaunt.

Man hätte ihn für einen Terroristen, einen Selbstmordattentäter gehalten, der mit einer Bombe unter dem Kittel (falls es eine solche schon gegeben hätte) durch Rom spaziert.

Heute ist auch der Tag des Erinnerns an die menschliche Familie, das Herzstück jeder menschlichen Gesellschaft.

In Italien versteht sich nach wie vor die katholische Kirche als Sachwalterin von Familie, Mutterschaft und Kindeswohl.

In einem kleinen Ort in der Region Venetien ist es Brauch, dass am 15. August, dem hohen Feiertag der Familie, vor Sonnenaufgang, beim Läuten der Kirchenglocken, Frauen ihre familiären Sorgen, Ängste und Nöte lauthals aus den offenen Fenstern schreien, >*dass sich die Seele entlaste und jeder höre und wisse, was sie betrübe*<.

Heute, am Tag der Gründung des >*Bundes der Unerschütterlich Gottlosen Humanisten*<, wollen wir es ebenso halten. Die Gründung geschieht hier und jetzt und dankenswerterweise mit der Starthilfe ehrgeiziger Atheisten und Agnostiker aus den Gassen und Hinterhöfen der Stadtteile Dorsoduro, Canareggio und Castello (und mit Eurer Zustimmung, Brüder und Schwestern).

59. Banalitäten des Alltags

Die Ursache für seelische Belastungen des Menschen sind meist Banalitäten des Alltags, wie z. B. Ärger in Beruf und Arbeit, in der Familie oder bei Enttäuschungen.

Es soll Menschen geben, die man als Rattenfänger bezeichnet, weil sie vorgeben, durch ihr Tun die >Seelen< der Mitmenschen, die ihnen folgen, zu entlasten, zu befreien, zu reinigen.

>Vertraue dich mir an<. Ob es die >Seele< beim Menschen tatsächlich gibt, ist zu vermuten, kann aber nicht bewiesen werden. Vielleicht ist sie ein >Ding<, das Unspezifische zwischen dem permanent
- mythischen *Gefordert-Sein*,
- religiösen *Gefordert-Sein*,
- weltanschaulichen *Gefordert-Sein*.

Vielleicht ist sie die Quintessenz aus allem. Vielleicht ist sie einfach nur kultürlich entstandene Identität, die unvergleichliche, gewachsene Eigentümlichkeit jedes Menschen.

60. Sich selber ertragen

Wir, die >Unerschütterlich Gottlose Humanisten<, ver-
pflichten uns,

- bei der Ausübung unserer Tätigkeit uns vieles von der Seele zu reden,
- was nottut auf Erden in die Welt zu schreien,
- alle Zweifel und alles Unheil für unsere Mitglieder zuzulassen,
- insbesondere alles Denken und Handeln zu Glaubensauffassungen zuzulassen,
- Meinungen und Einstellungen der uns Zugehörigen und der uns nicht Zugehörigen zuzulassen.

Wir, die >Unerschütterlich Gottlosen Humanisten<, neigen nicht zur Verschwörung.

- Wir nehmen Verschwörungstheorien nicht zur Kenntnis.
- Wir bedrohen niemanden.
- Wir schüren keine Intrigen.
- Wir belohnen unser Tun nur mit Erstaunen.

Vernachlässigt ein Unerschütterlich Gottloser Humanist Pflichten in grober Art und Weise, unterliegt er keiner Gerichtsbarkeit, sondern nur der Vernunft und Einsicht. Jeder Bruder, jede Schwester ist frei.

Gerät ein Freier wegen seines Tuns in einen Gewissenskonflikt, so soll er diesen als willkommenen Anlass nehmen,

- Geduld zu üben,
- sich selber zu ertragen,
- Werte und Möglichkeiten, die eigenen und die anderer, anzudenken und zu überprüfen.

Mehr als das Erklärte sei hierzu nicht gesagt und ausgewiesen.

61. Religion und Politik sind nicht in der Lage, zu bestimmen, was wahr und was unwahr ist.

Da ich von euch, ihr Brüder und Schwestern, zum Vorsteher der >Unerschütterlich Gottlosen Humanisten<, bestimmt worden bin, eröffne ich nach gründlicher Prüfung, dass niemand Unerwünschter vor Ort sei, die erste Sitzung mit folgender Feststellung:
- Kein Störender, Ungebetener und Fremder steht vor der Türe und horcht.
- Religion und Politik sind nicht in der Lage, zu bestimmen, was wahr und was unwahr ist.
- Der Anspruch Platons, Wahrheit mit Religion und Politik zu vereinen, hat keinen Bestand.

62. Eine weiße Rose als Symbol für Aufklärung und Säkularisation

Unter meiner Führung und mit Verköstigung durch die kluge, weltbürgerliche, freie und ehrwürdige Professorin Agape di Venezia, setzen wir, die Gründungsmitglieder,

mit heutigem Tag eine weiße Rose als Symbol für Auf-
klärung und Säkularisation.

Die Gründung des Bundes der >Unerschütterlich Gottlosen Humanisten< soll ohne Einflussnahmen von Zivil-
gesellschaften, ohne politische Organisationen und ohne
Zweck- und Sinnstiftung kirchlicher Vereinigungen ge-
schehen.

63. Tempel für Begegnungen aller freien Chinesen

Die in meinem geliebten Venedig, im reizvollen Dorsoduro, am 450 Meter langen Mischwasserkanal der heiligen Margarete (Rio di S. Margherita) gelegene Lokalität
der Agape, Zufluchtsort gottesfürchtiger und gottloser
Chinesen, soll Zentrum kirchen- und gesellschaftskriti-
schen Glaubens und Nichtglauben sowie des säkularen
Humanismus werden.

Der von den Besitzern als Gerätehaus ausgewiesene und
vergessene Ort soll Tempel für Begegnungen aller freien
Chinesen sein.

Wir werden uns verstärkt der Metaphysik und der Philosophie und den Fragen des Überlebensunterhaltes
zuwenden. Die in diesen vier Wänden zu bestreitenden
Dialoge sollen von heute an in eine neue, aufregende,
nicht erahnte Vielfalt der Vergangenheit, Gegenwart und
Zukunft führen.

64. Was wissen wir wirklich und was überhaupt?

Man wird erkennen: Was sich hier abspielt, ist nicht von gestern, nicht von heute, sondern erst für morgen. Und über allem steht die Frage:

- Was wissen wir wirklich und was überhaupt?

65. Die feinsten und reinsten aller treibenden Kräfte

Vielfalt ist dann gegeben, wenn trotz Leidens, trotz Benehmens und Bestands der Mensch in Tun und Lassen mit Veränderung und Erneuerung Schritt hält und wenn Wandel schneller fortschreitet als Benehmen.

Benehmen und Wandel sind neben Besitz von Kenntnissen im Zyklus der Angst und religiös begründeter Furcht die feinsten und reinsten aller treibenden Kräfte und die größte Kraft für Streben nach Erkenntnis überhaupt.

66. Wir sind gekommen einfach nur um zu essen

Brüder und Schwestern, wir sind gekommen, wie es in allen Ländern mit unterschiedlichen Religionen, Kulturen und Machtverhältnissen der Fall ist,

- nur einfach um zu essen und zu trinken
- und um uns zu versammeln,
- um mit weitreichenden Gedanken über Gott und die Welt und die Welt ohne Gott uns zu beschäftigen.

Brüder und Schwestern, lasset uns mit dem Essen beginnen und über Irrtümer der Deutschen reden. Beginnen wir mit den großen Irrtümern der Deutschen in der Einschätzung von Berufsgruppen:

- Ärzte seien generell Wissenschaftler (Sie sind in der Mehrheit Handwerker. Es ist besser, ein guter Handwerker zu sein als ein scheinbarer Wissenschaftler.

- Richter seien kraft ihres Amtes besonders intelligent und klug. Ein Trugschluss mit negativen Folgen.

- Manager seien aufgrund ihrer Kompetenz, ihrer vielseitigen Funktionen und Beziehungen, ihrer großen Verantwortung für eine Vielzahl von Menschen weitsichtig, klug und aufrichtig. Ein Trugschluss.

- Lehrer hätten - ausgewiesen durch ihr Lehramt - mehr Wissen als andere Menschen. Ein Trugschluss.

- Universitätsprofessoren seien grundsätzlich gescheiter als der Rest der Menschen. Ein Trugschluss.

- Die sogenannte Deutsche Gründlichkeit garantiere heilsame menschliche Nähe, Kompetenz, Erfahrung, Loyalität und Erfolg. Ein Trugschluss.

67. Sich täglich im Überfluss nehmen, was andere bitter nötig haben

Lasst uns auf süßen Zungen wandeln. Lasst uns lobpreisen die Machwerke der Menschen, welche kommen aus Mund, Augen, Ohren, Nase und von Händen und Füßen, welche kommen aus dem Bach der Tränen.

- Die Menschen haben einen Mund. Und was reden sie?
- Sie haben Augen. Und was sehen sie?
- Sie haben Ohren. Und was hören sie?
- Sie haben Nasen: Und was riechen sie?
- Sie haben Hände und Füße und bringen nichts auf den richtigen Weg.

Anders ausgedrückt: Ihre Werke *sind >fantasiewissenschaftliche Fürze<*, eine Übung für das Martyrium in der Verlorenheit menschlicher Beziehungen,
- in Eiseskälte, Feuer und Glut,
- im Wegschauen, wo es gälte, sich zu erbarmen,
- im Aufbauen von Mauern, wo es Not täte, Mauern niederzureißen,
- im sich täglich im Überfluss nehmen, was andere bitter nötig haben.

Wahnsinnsmenschen, ihr wisst nichts und denkt nicht, dass es euch von Nutzen sei, wie der heilige Evangelist Johannes in prophetischem Geist anmerkt:

- dass Gott *nicht* aus Hochmut und Boshaftigkeit seinen Sohn zum Tode am Kreuz verdammte,
- nicht wegen Unschuld seinen Sohn zum Tode am Kreuz verdammte,
- nicht hoffärtig und arrogant wegen seiner sich *>über andere erhebenden Wissenschaft<* seinen einzigen Sohn zum Tode am Kreuz verdammte,
- nicht weil er mehr wisse als andere, seinen Sohn zum Tode am Kreuz verdammte.

Soweit es Gott gibt!

68. Häresie

Ihr trennt, vertreibt, sondert aus. Mit der menschlichen Wortschöpfung *Häresie* haben wir Chinesen nichts auf dem Hut.

Letztendlich ist *Häresie* ein Instrument der Macht sowie die Aburteilung von Anschauungen und Sichtweisen Andersdenkender - eine Folge von Intoleranz.

Wer anderen vorwirft, ein *>Häretiker<* zu sein, beansprucht für sich, die *>richtigen Wahrheiten<*, Werte und Möglichkeiten zu besitzen.

Überall da, wo sogenannte Glaubenswahrheiten aufein-
anderstoßen, wird der Begriff >Häresie< zu Leben er-
weckt. Dabei bewegen sich die Menschen doch im Bereich der Mystik, auch wenn sie entrüstet von dieser
Abstand nehmen.

69. Mystik

Mystik wird
- teils als abwertende Bezeichnung für unkritische,
  religiös überspitzte Beschäftigung mit Glaubenswahrheiten,
- teils als Gegenoffensive zu kalter Vernunft,
- teils als Gegenoffensive zu menschenfeindlicher
  Technik,
- teils als Abwehr von überzogenem Leistungsden-
  ken,
- teils als Erklärung zu ausbleibenden Antworten
  über den Sinn des Lebens und die Rechtfertigung
  des Glaubens

verwendet.

Christliche Mystik knappert an angeblich rationalen und
dogmatischen Glaubenssätzen und ist deshalb von Vertretern der Kirchen nicht sonderlich erwünscht.

Durch mystische Erfahrungen würden >Glaubenswahr-
heiten< und >Dogmen< angeblich in den Verdacht gera-
ten, fundamentalistische und ideologische Halbwahr-
heiten zu sein.

Mystik finden wir in allen Religionen.

Beispiele festsitzender Mystik:
- Altchinesische Mystik - im Taoismus.
- Jüdische Mystik - in der Kabbala.
- Sufistische Mystik - im Islam.
- Christliche Mystik - in allen Arten, Formen und Übungen des Christentums.

Das Leben und Wirken katholischer Heiliger ist ohne Mystik kaum oder gar nicht zu veranschaulichen und nachzuvollziehen.

In den Lehrprogrammen für den Koran, in den christlichen Traditionswissenschaften und generell in Sprache, Rhetorik, Dichtkunst finden wir Mystik. Sie ist Ausdruck <ungebundener Religiosität< des Menschen.

70. Alle Hoffnung auf eine Karte setzen?

Ich erinnere an alle menschlichen >Fundamentalisten< draußen in der Welt, welche von sich glauben, sie alleine besäßen,
- die ganze Wahrheit,
- die Unfehlbarkeit,
- die Irrtumslosigkeit,
- die Inspiration aus Religion, Bibel oder Ideologie,
- die Eignung für Kirche, Politik und Wissenschaft.

Heute ist der Tag derjenigen in der Welt,

- welche zur Geburt von Jesus durch eine Jungfrau stehen,
- welche das stellvertretende Sühneopfer von Jesus Christus am Kreuz in die Welt tragen,
- welche die leibliche Auferstehung des Jesus Christus und die leibliche Wiederkunft erwarten,
- welche alle Hoffnung auf eine Karte setzen, *auf Leben nach dem Tode.*

Wie kann das sein, dass die Menschen unter Fundamentalismus meist die *Weltanschauung von Bombenlegern* und Terroristen verstehen und nicht die himmlischen Perspektiven?

>Christlicher Fundamentalismus< gilt als Glaubens-Verständnis von Millionen Christen weltweit. Christliche Fundamentalisten finden sich in nahezu allen Ländern der Erde.

71. Die Ohnmacht des Menschen

Menschen haben eine ganz bestimmte Vorstellung davon, was sie nach ihrem Tod erwartet. Meist stellen sie sich für >Danach< einen Ort vor, wo sie in ähnlicher Weise, wie das auf Erden geschieht, eine Existenz führen, in der Zufriedenheit, Recht und Ordnung herrschen.

Es liegt deshalb nahe, dass Menschen Vorkehrungen treffen, nach dem Tode erfüllt zu bekommen, was sie auf Erden nicht zu leisten vermochten bzw. nicht erreichen konnten.

Hierbei spielt der eigenen Charakter und die Körperlichkeit für das Jenseits eine große Rolle.

Hier einige Sichtweisen und Möglichkeiten des ohnmächtigen Menschen, zu deuten, was der Tod sei:

- Das ganze Leben sei von Geburt an als >*Weg zum Tod*< zu sehen.
- Der Weg sei das Ziel, nicht der Tod.
- Ursache des Todes sei die Sünde und der Zerfall der Materialität des Lebens.
- Tod sei Folge von Sünde.
- Gott habe den Tod vorgesehen, um Überbevölkerung zu vermeiden.
- Tod sei Erlösung von Sünde, Leid, Bedrängnis und Verstrickung.
- Tod sei ein zu neuem Leben führender Schritt.
- Tod sei Voraussetzung für verdientes Leben nach dem Tod.
- Tod ist die >*nicht-materielle*< Folgephase des irdischen Lebens.
- Tod stehe vor der Qualität künftigen Lebens.
- Tod sei Zwischenzustand von begrenztem Leben zu ewigem Leben oder ewiger Verdammnis.
- Tod sei Wiedergeburt in allen möglichen Gestalten oder in neuer Gestalt.
- Tod sei ein medizinischer Sachverhalt, sei unbelebte Materie.

- Tod sei Ende aller Lebensvollzüge.
- Tod sei Voraussetzung für Nachruhm.
- Tod sei Befreiung, sei Rückkehr in die Freiheit.
- Tod sei Vollendung des Lebens.
- Tod sei Wandlung der Materie und der Energie. Energie könne nicht verloren gehen.

Brüder und Schwestern. Das einzige Sichere ist, dass niemandem der Tod erspart bleibt und dass niemandem auf der Welt der Tod verwehrt werden kann.

Wer sind die Menschen?
- Sie schlafen in Betten.
- Sie brauchen ein Zuhause.
- Sie fliehen in den Rausch.
- Sie schlagen und küssen sich.
- Sie machen Babys.
- Sie klammern sich ans Leben.

72. Ich zog umher

Ich zog mit den >Pavees<, den irischen Fahrenden, mit den mitteleuropäischen >Jenaischen<, den verachteten, und den spanischen >Quinqui<, den >Mercheros<, den nomadisierenden sozialen Randgruppen durch Europa.

Alle diese Menschen, die man auch >Fahrendes Volk< heißt, die Altwarensammler, Wanderhandwerker und Handelsnomaden, kurzum die >Travellers, die *Gens de*

Voyages<, die *>Roma* und *Sinti<*, werden von ihrer Gattung Mensch diskriminiert.

Sie alle sind Diskriminierte in einer Kultur der von Sesshaftigkeit geprägten Welt.

Ich verstehe ihre eigene Sprache, ihre Kultur und ihr Wertesystem. Die fahrenden Völker sind es, die der Kulturüberheblichkeit und Diskriminierung ausgesetzt sind. Gelten doch Menschen ohne festen Wohnsitz als suspekt.

Seit dem 13. Jhd. gibt es in Irland umherziehende Wanderhandwerker, Hausierer, Kesselflicker und Pferdehändler.

Obwohl sie historisch gesehen eine Rolle in der Verbreitung von Musik, Mystik und der Handwerkskunst spielten und spielen, bringt ihr nomadischer Lebensstil und ihr Wunsch, in Familien-Verbänden ein eigenständiges Leben zu führen, Konflikte zwischen Fahrenden und Sesshaften, zwischen dem Lebensgefühl der *Pavees, Rome, Sinti* usw. und dem kulturellen Geschmack einer großen Mehrheit der Sesshaften, mit der Folge der Diskriminierung.

Der Versuch einiger *>Travellers<*, sesshaft zu werden, ist schon im Vorfeld erschwert, da deren Bemühen selten administrativ legitimiert wird.

Anträge auf Genehmigung von Ansiedlungen dieser Minderheiten verletzen anscheinend Gewohnheits- und Grundrechte der Sesshaften. Was nicht stimmt.

Wanderungsbewegungen werden in Gesellschaften des Westens, ausgenommen, sie sind durch Kriege, Verfolgung und Naturkatastrophen hervorgerufen, nachteilig für die Betroffenen thematisiert.

Das fahrende Volk wird an den Rand der Gesellschaft gedrängt, mit den entsprechenden negativen sozialen Folgen.

Wie viel einfacher haben es doch wir, die Sesshaften. Wir sind uns unseres >Gesellschaftlichen Wertes< wohl bewusst, was man an unserem Selbstbewusstsein ablesen kann.

73. Das menschliche Schicksal

Ich erinnere an den im 1. Jhd. geborenen heiligen Aspreno, des ersten Bischofs von Neapel, an den charismatischen Seelsorger und Freund der Armen - von denen es in Neapel mehr als genug gab und noch gibt.

Aspreno beschäftigten zeitleben drei Thesen:
- Keine Religion der Welt, kein Gottesstaat, hat die religiöse, die politische und gesellschaftliche Kraft und Ausdauer, das >menschliche Schicksal< zum Guten zu wenden.

- Keine Religion der Welt, kein Gottesstaat, hat die religiöse, die politische und gesellschaftliche Kraft und Ausdauer, ihren Bestand für immer sichern zu können.
- Das eigentliche Problem des Menschen ist, dass er aus Geist und Körper besteht und der eine mit dem anderen nicht klar kommt.

Lasst mich loben mein Geschlecht und meine Stimme erheben, und mich ausbreiten als derjenige, der ohne Tadel und ohne Straucheln ist.

Einst fuhr ich mit den sechs Pferden der Einfalt auf dem Sonnenwagen in die Niederungen des gemütsarmen Besitzbürgertums:

- Mit dem Pferd mangelnder Deutlichkeit.
- Mit dem Pferd des fehlenden Nachdrucks.
- Mit dem Pferd ohne Gefühl für die Zeit.
- Mit dem Pferd ohne Bewusstheit für die Kürze des Lebens.
- Mit dem Pferd ungezügelter Einbildungskraft.
- Mit dem Pferd vollkommener Sättigung

Ich bin es deshalb wert, in den niedrigen Stand der Ehrerbietung durch meine Brüder, die >*Unerschütterlich Gottlosen Humanisten*<, versetzt zu werden. Um des lieben Friedens willen!

Ich bringe euch die Erkenntnis:

- Der Besitzbürger wird ohne Ausstattung durch >*anteilnehmenden Liebe*< niemals den Gerichtshof der Umkehr erreichen.

Er hat die Sprache der >*anteilnehmenden Liebe*< verwirkt.

Er kennt nicht den Ort der Verwandlung im Herzen durch Fürsprache und Urteil der Richter-Tugenden, welche sind

- Glauben,
- Hoffen
- Lieben.

Denn so sehr er im Kopf weder Trauer noch Freude spürt, so auch wird er frisches Leid anderer in seinem Herzen nicht fühlen.

Ich will euch damit sagen: Besitzbürger in der Welt der Menschen begründen und repräsentieren ihren Herrschaftsanspruch nur scheinbar mit der Notwenigkeit der Förderung des Gemeinwohls.

Der Besitzbürger übt uneingeschränkte Macht aus, indem er vorgibt, sein Volk beglücken zu wollen, und indem er behauptet, das Recht auf Teilhabe aller bei allem, was ist, nach Gutdünken sichern zu müssen.

Gottes vollkommenes Schöpfung: Matthäus 6: *>Sehet die Vögel unter dem Himmel an: sie säen nicht, sie ernten nicht, sie sammeln nicht in die Scheunen; und euer himmlischer Vater nährt sie doch<.* **Und sie werden von Katzen gefressen.**

Ihr
Prof. Dr. phil. Yo-Yo Ma Ma, Dali, Yunnan (China).

Dank an Peter! Lieber Peter, ich schätze Deine analytischen Fähigkeiten. Deshalb - und wegen Deiner grossen Intelligenz und Deinem Wissen (und Deiner Bescheidenheit) — wundere ich mich, dass Du unbehelligt und unbeschadet durch das Leben kommen konntest. Die meisten Menschen Deiner Art müssen auf ihrem Lebensweg wegen ihrer Besonderheit etliche gesellschaftliche bzw. menschliche Schläge einstecken.

II. Nachwort des Kleinbauern und Rentners Stipes auf dem Grantlerstein. Zu den Schriften des Prof. Dr. Yo-Yo Ma Ma

Brüder, Schwestern und Freunde! Das Wort Kapitalist steht für das Hässliche in den sozialen Botschaften. Die Macht der Kapitalisten in der Gesellschaft, in den Finanzen, in Wirtschaft, in Kultur und Weltanschauungen, ist grenzenlos und unfassbar.

Sie ist das Leitgeschiebe schlecht oder nur scheinbar gut erzogener Aufsichtsräte, Vorstände, Geschäftsführer,

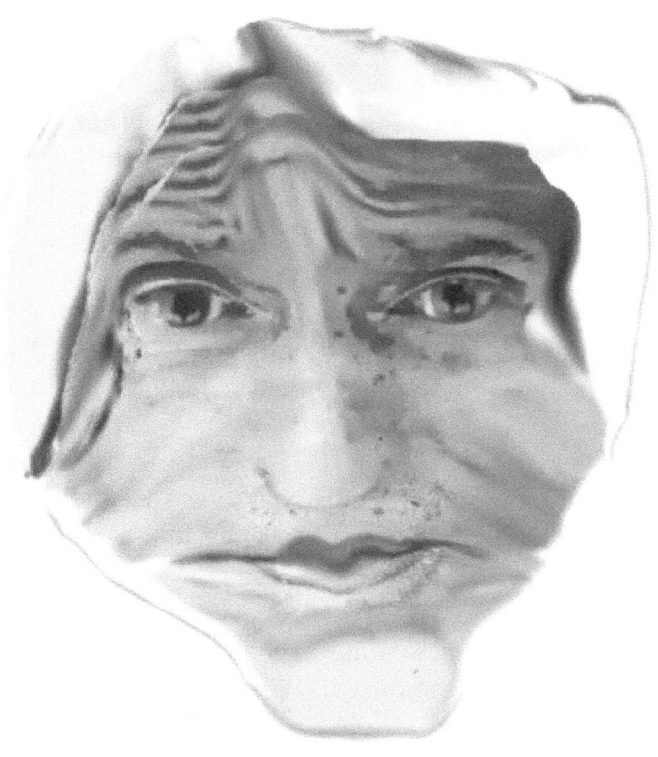

Bauer Stipes

Prokuristen, Spekulanten, Geldschneider und anderer Eingeweihter.

Niemand von diesen sollte sich aus der Verantwortung stehlen dürfen. Aber was sage ich da: Bedrohung und Nichtwissensgefühle werden geschürt, um vom Eigentlichen abzulenken.

Man müsste sich in die Gedanken der Urheber dieser Krisen und ihrer Folgen wie Konjunktureinbruch, Rezession, Banken- und Immobilienpleiten, hineindenken können.

Man sollte unbedingt wissen, was diese Geldleute und andere parasitäre Existenzen als Nächstes im Schilde führen.

Ob ihre Tücken, ihre maßlose Verderbtheit und ihre ambivalente Sozialisation, ihre Feigheit, Selbstsucht und terroristische Ungeduld weiter um sich greifen und wo jetzt.

Sie unterdrücken ihr besseres Sein und werden zu Heuchlern. Geld ist immer sehr wichtig. Natürlich ist Geld wichtig. Der verhängnisvolle Vorzug nicht gerechtfertigten Reichtums stürzt jedoch mehr Menschen ins Verderben als Naturkatastrophen, Krankheiten und Kriege das tun.

Bereichert euch. Stopft die Taschen voll. Was die Wirklichkeitstreue angeht, bleibt euch nichts als die Gewissheit oder nur vage Hoffnung, noch zu Lebzeiten nutzen zu können, womit ihr euch bereichert habt.

Was ihr als Höchstes empfindet, ist nur Mittelmäßigkeit.

Ihr seid nicht geschaffen für die neue Zeit. Ihr seht euch im Spiegel der Vergangenheit. Ihr habt Sinn und Beweggründe des Sozialen mit Füßen getreten.

Das Elend der Massen wächst. Mit schäbiger Eleganz, im Mief entrückter gesellschaftlicher Sphären, erscheint ihr auf dem Tummelplatz eitler Selbstdarstellung. Man muss, um dazuzugehören, lügen, betrügen und sich als Verführer bewähren. Euer Einfluss ist übermächtig.

Selbst dann, wenn ihr es nicht mehr nötig habt, heuchelt ihr. Ihr versucht euch in Erklärungen. Ihr versucht, mit den Mitmenschen zu reden. Aber ihr könnt es nicht. Schon der Versuch erscheint als reine Heuchelei.

Nicht das Elend anderer, nicht Freiheitsverlust und Erpressung, nicht der Tod und seine Gewissheit setzen euch zu.

Mit Abfindungen von denen, die ihr betrogen habt, stehlt ihr euch aus der Verantwortung und nehmt ihr anderen zustehende, gesicherte Verhältnisse für euch in Anspruch.

Die Mafia bezahlt man mit Geld, mit Schweigen oder Gefälligkeiten. Wo ist der Unterschied? Beide ruinieren das Land.

Der Ohnmächtige zerbricht an der Unmöglichkeit der Geheimhaltung seiner Lebenssituation, an Notlügen für die Erhaltung seiner Existenz, an Ängsten wegen erpresserischer Gesetze, an der Verpflichtung, zu schweigen.

Es geht um Respekt, den man erfährt. Es geht um den Respekt jenen Menschen gegenüber, die alles mühevoll erwirtschafteten.

Wer keinen Respekt vor den Menschen hat, den muss man lehren, Menschen zu fürchten.

Da ihr Gewinner seid: Geht mit denen, die verlieren, wenigsten respektvoll um. Wisst ihr überhaupt, dass ihr mit euren Taten und Unterlassungen in der realen Welt die wirtschaftlichen und sozialen Aufgaben, die humanitäre Funktion von Menschen infrage stellt?

Ihr schmälert deren verfügbares, schwer erarbeitetes Einkommen zum Ankauf von Waren und Dienstleistungen, aber auch von kulturellen und sozialen Bedürfnissen.

Ihr gefährdet die Ernährung der Familien, das Auskommen und die Alterssicherung und die Verfügbarkeit von

Zeit und deren Anwendung. Ihr zerstört moralische und ethische Werte.

Ich nehme keinen aus. In der wilden Landschaft der Hasardeure interagieren sogenannte freie Wirtschaften und Behörden in allen nur denkbaren Verbrüderungsformen.

Alle tun alles vor den Augen aller. Sie machen keinen Hehl daraus, wenn sie das *Blaue vom Himmel lügen.* Sie schämen sich nicht, so wahr ihnen Gott nicht hilft.

Die Völker werden noch oft schmerzlich erfahren müssen, von ihren Regierungen ins Desaster geführt zu werden.

Gesinnungshoheit, Überzeugungstaten, Eigennutz und Größenwahn führen zu militärischen Abenteuern, die im Kern Prestige- und Glaubenskriege sind. Wie kann man nur aus Prestigegründen so viel Elend in die Welt tragen?

Unterschätzen wir sie nicht. Die wenig umweltverträglichen Aussagen vieler Politiker sind Sickerwasser mit Langzeitwirkung, Wasser mit angereicherten Schadstoffen für Herz und Verstand. Sie wirken wie *chemische Reize,* Gifte und Strahlen.

Über den Autor

Rolf D. Kaufmann, Jahrgang 1942, arbeitete als Lehrender 29 Jahre an einer deutschen Hochschule und 6 Jahre an einer italienischen Universität. Er studierte Kunstgeschichte, Malerei und Grafik in Rom, Politikwissenschaften in München, Pädagogik, Philosophie, Soziologie, Indologie und Sinologie in Freiburg.

Die ihn am meisten beschäftigenden Themenstellungen sind Marginalität, in gesellschaftlicher Grenzstellung befindliche Personen, Ethnizität, Ambivalenzen in Mehrfachidentitäten – und der Dialog zwischen den Kulturen. Private und berufliche Gründe führten ihn nach Asien, Vorderasien, Afrika, in arabische Länder und nach Süd- und Mittelamerika.

Bücher von Rolf Dieter Kaufmann im Verlag Tredition, Hamburg:

Rolf Dieter Kaufmann

Eisen und Blümchen

ISBN 978-3-7345-8757-3 (Paperback)
ISBN 978-3-7345-8758-0 (Hardcover)
ISBN 978-3-7345-8759-7 (E-Book)

Rolf Dieter Kaufmann

Weiß jemand, ob die Braut katholisch ist?
oder
Der Narr muss nichts und kann alles

ISBN 978-3-7345-9392-5 (Paperback)
ISBN 978-3-7345-9393-2 (Hardcover)
ISBN 978-3-7345-9394-9 (E-Book)

Rolf Dieter Kaufmann

Wie mir Nîzamî unter einem
Anaab Gottfindung erklärte

oder
Beten kostet nichts
Beten lassen kostet Milliarden

ISBN 978-3-7345-9557-8 (Paperback)
ISBN 978-3-7345-9558-5 (Hardcover)
ISBN 978-3-7345-0559-2 (E-Book)

Rolf Dieter Kaufmann

Code-Name Saatkrähe

oder

*Die Liebe ist aus demselben
Stoff wie das Schwert*

Hrsg. Reinhard Gailhofer

ISBN 978-3-7439-0371-5 (Paperback)
ISBN 978-3-7439-0372-2 (Hardcover)
ISBN 978-3-7439-0373-9 (E-Book)

MIX

Papier | Fördert
gute Waldnutzung

FSC® C083411

Zeitfracht Medien GmbH
Ferdinand-Jühlke-Straße 7
99095 Erfurt, Deutschland
produktsicherheit@kolibri360.de